知识大揭秘

学宝库

李延微◎编写

吉林出版集团股份有限公司
全国百佳图书出版单位

图书在版编目（CIP）数据

文学宝库/李延微编. -- 长春：吉林出版集团股份有限公司，2019.11（2023.7重印）
（全新知识大揭秘）
ISBN 978-7-5581-6282-4

Ⅰ.①文… Ⅱ.①李… Ⅲ.①世界文学－文学欣赏－少儿读物 Ⅳ.①I106-49

中国版本图书馆CIP数据核字（2019）第003244号

文学宝库
WENXUE BAOKU

编　　写	李延微
策　　划	曹　恒
责任编辑	李　娇　王　宇
封面设计	吕宜昌
开　　本	710mm×1000mm　1/16
字　　数	100千
印　　张	10
版　　次	2019年12月第1版
印　　次	2023年7月第2次印刷
出　　版	吉林出版集团股份有限公司
发　　行	吉林出版集团股份有限公司
地　　址	吉林省长春市福祉大路5788号
	邮编：130000
电　　话	0431-81629968
邮　　箱	11915286@qq.com
印　　刷	三河市金兆印刷装订有限公司
书　　号	ISBN 978-7-5581-6282-4
定　　价	45.80元

版权所有　翻印必究

QIANYAN 前言

文学与人类文明相伴。数千年来，人类一直用文字形象地记录着：诗人们热情歌唱出对理想、生命与人生的礼赞；哲学家们严肃思索着人生的意义，追寻精神世界的家园；小说家与戏剧家们描绘着人生百态，写下世间喜怒哀乐、悲欢离合……这些形象地展示着真善美与假恶丑的文字就是文学，那一部部的著作就是文学作品。

中华民族几千年的悠久历史，孕育了博大精深的传统文化。文学用艺术的形式再现了文化的深刻内涵。当我们读到先秦的著作时，孔子、孟子那赤诚的忧国忧民之心，积极进取百折不挠的精神令人肃然起敬；庄子主张清静无为，让精神遨游于九天的情怀令人羡慕不已……至今儒家思想和道家思想仍是中华民族思想的重要根基，追根溯源，中国几千年的古典诗歌与文学作品的思想内蕴皆在于此。

无论是屈原、李白的理想高歌，还是杜甫、陆游忧国忧民的深沉吟唱；无论是司马迁的叙事历史散文《史记》，还是气势豪放的苏轼散文，透过字里行间，我们都能读出作家的一颗爱国爱民的赤子之心。文学是展示社会的窗口，中国古代无数的诗歌、散文、戏剧、小说，向我们形象地描绘了当时的社会状况与人民

前言 QIANYAN

生活。

中国现代文学发端于1919年五四新文化运动。1840年以来，中华民族经历了屈辱、忧患、抗争与崛起。开放包容的社会环境，挣脱了各种思想束缚，文学作品出现了百花齐放、竞放华姿的绚丽场面——文学是形象的历史，让我们走进中国作家们的书中，去体味巨大社会变迁带给我们的不同感受。

文学没有国界、时间、空间的限制，因为人们的审美是相通的。数千年前的古希腊、罗马文学是西方文学的源流。多姿多彩的外国文学作品不仅向我们展示了各国不同的文化、历史与地域风俗人情，而且让我们透过文学之窗，了解到人类如何战胜愚昧、偏见，追求人性与灵魂至真至美的心路历程。同时各种创作流派与不同的创作风格也给我们以色彩缤纷的视觉震撼。

几千年来，文学作品浩如烟海，无法尽数。然而历经岁月的大浪淘沙，积淀下的是真金与瑰宝。

MULU 目录

第一章　中国古典文学览胜

2	中国最早的诗集——《诗经》	16	隐逸诗人孟浩然
3	风雅颂与赋比兴	17	"七绝圣手"王昌龄
4	屈原与《楚辞》	18	"天子呼来不上船"
5	情系故国赋《离骚》		——诗仙李白
6	纯朴的歌唱：汉乐府	19	"安得广厦千万间"
7	南北双璧：《孔雀东南飞》与《木兰诗》		——忧者杜甫
		20	"惟歌生民病"的白居易
8	曹丕的《燕歌行》：七言诗之祖	21	韩孟诗派
		22	朦胧的情思：李商隐的无题诗
9	曹植与五言诗		
10	竹林七贤	23	末世的惆怅：晚唐诗人杜牧
11	田园诗人陶渊明	24	平淡为美的宋代诗歌
12	谢灵运的山水情怀	25	苏轼的理趣诗
13	"初唐四杰"	26	"无一字无来处"：北宋诗人黄庭坚
14	盛唐之音的序曲：陈子昂的诗		
		27	北望中原：陆游诗歌的爱国情怀
15	自然的禅意：王维的诗		

目录 MULU

28 琵琶起舞换新声
　　——词的兴起
29 花前月下的歌吟：
　　温庭筠与花间词
30 宋代第一个"专业"词人
　　——柳永
31 抒写性情的苏轼词
32 "别是一家"的李清照词
33 稼轩的豪放词
34 文坛奇葩：散曲
35 "曲状元"马致远
36 古代散文朝圣
37 言简意深的《论语》
38 气盛言宜的《孟子》
39 汪洋恣肆的《庄子》
40 汉赋与司马相如
41 中国历史的长城
　　——《史记》

42 以"赋"论文的《文赋》
43 唐代骈文的新变化
44 《滕王阁序》：
　　骈文的最高成就
45 韩愈与古文运动
46 柳宗元的游记散文
47 欧阳修：诗文革新的领袖
48 多姿多彩的苏轼散文
49 神话宝典：《山海经》
50 罗贯中的《三国演义》
51 施耐庵的《水浒传》
52 吴承恩的神魔小说《西游记》
53 "三言"与"二拍"
54 蒲松龄的《聊斋志异》
55 吴敬梓的《儒林外史》
56 古代小说的巅峰：
　　曹雪芹的《红楼梦》
57 三曹与建安七子

MULU 目录

第二章　中国现当代文学的百年历程

- 60　梁启超的"新文体"
- 61　最早翻译西方文学的作品：林纾小说
- 62　中国现代文学的奠基人——鲁迅
- 63　第一篇白话小说——《狂人日记》
- 64　最早介绍到世界的小说：《阿Q正传》
- 65　鲁迅的杂文
- 66　诗化了的五四精神：郭沫若的《女神》
- 67　郁达夫的"自叙传"抒情小说
- 68　徐志摩与闻一多
- 69　周作人的散文小品
- 70　朱自清散文
- 71　茅盾的《子夜》
- 72　巴金与《家》
- 73　林语堂的幽默闲适小品
- 74　赵树理的评书体小说《小二黑结婚》
- 75　《哥德巴赫猜想》
- 76　汪曾祺的文化小说
- 77　张恨水与现代通俗小说

第三章　星汉灿烂——外国文学经纬

- 80　希伯来文学的经典：《旧约全书》
- 81　阿拉伯文学的瑰宝：《一千零一夜》

目录 MULU

- 82 婆罗多族的故事：《摩诃婆罗多》
- 83 印度文学的典范：《罗摩衍那》
- 84 西方文学的开篇：古希腊文学
- 85 幻想与传说的世界：希腊神话
- 86 智慧的宝库：《荷马史诗》
- 87 来自民间的智慧：《伊索寓言》
- 88 希腊文学传统的继承者：罗马文学
- 89 修辞艺术的典范：罗马文学中的演说词
- 90 欧洲中世纪的英雄史诗
- 91 人文主义的曙光：但丁与《神曲》
- 92 新时代的先声：文艺复兴
- 93 聪明与爱情的故事：《十日谈》
- 94 作为文学家的马丁·路德
- 95 知识造就巨人：《巨人传》
- 96 最后的骑士：《堂吉诃德》
- 97 欧洲近代散文的创始人——蒙田
- 98 文学巨匠莎士比亚
- 99 以圣经为题材：弥尔顿与《失乐园》
- 100 法国古典主义文学
- 101 荒岛传奇：《鲁滨孙漂流记》
- 102 幻想之国：《格列佛游记》
- 103 伏尔泰的哲理小说
- 104 新时代的开创者——卢梭
- 105 奥斯汀与《傲慢与偏见》
- 106 德国最伟大的文学家——歌德

MULU 目录

107	历经60年完成的名著：《浮士德》		福楼拜与《包法利夫人》
108	格林兄弟与《格林童话》	120	"世界短篇小说巨匠"莫泊桑
109	浪漫主义文学	121	自然主义的创始人——左拉
110	拜伦的诗	122	最早描写产业无产者斗争的杰作：《萌芽》
111	雨果的《悲惨世界》		
112	批判现实主义文学	123	童话之王——安徒生
113	时代的书记官：巴尔扎克与《人间喜剧》	124	新升起的星座——19世纪俄国文学
114	金钱关系的演绎：《高老头》	125	近代俄国文学的开创者：普希金
115	工场时代的良知：狄更斯与他的小说	126	理想的歌颂者：屠格涅夫和他的小说
116	萨克雷与《名利场》	127	文学泰斗托尔斯泰
117	爱情与尊严：夏洛蒂·勃朗特与《简·爱》	128	大时代中的社会与人生：《战争与和平》
118	艾米莉·勃朗特与《呼啸山庄》	129	以短篇闻名世界的文学家契诃夫
119	塞纳河上的"灯塔"：		

目 录 MULU

- **130** 美国"童年"时代的画像：欧文的小说
- **131** 美国文艺复兴的领袖——爱默生
- **132** 捕鲸生活的百科全书：《白鲸》
- **133** 镀金时代的讽刺者：马克·吐温和他的小说
- **134** 小人物的世界：欧·亨利的短篇小说
- **135** 为艺术家立传：罗曼·罗兰与《约翰·克利斯朵夫》
- **136** 哈谢克与《好兵帅克》
- **137** 无产阶级文学第一个伟大代表——高尔基
- **138** 《童年》《在人间》《我的大学》
- **139** 现代派文学
- **140** 现代小说的先驱者——詹姆斯
- **141** 英国现代文学的明星——康拉德
- **142** 象征主义文学
- **143** 叶芝的诗歌
- **144** 表现主义文学
- **145** 童话与现实：《沉钟》
- **146** 现代文明的寓言：《变形记》
- **147** 意识流小说的开创者——乔伊斯
- **148** 为了共产主义的未来：马雅可夫斯基的诗
- **149** "迷惘的一代"的代表——海明威

第一章
中国古典文学览胜

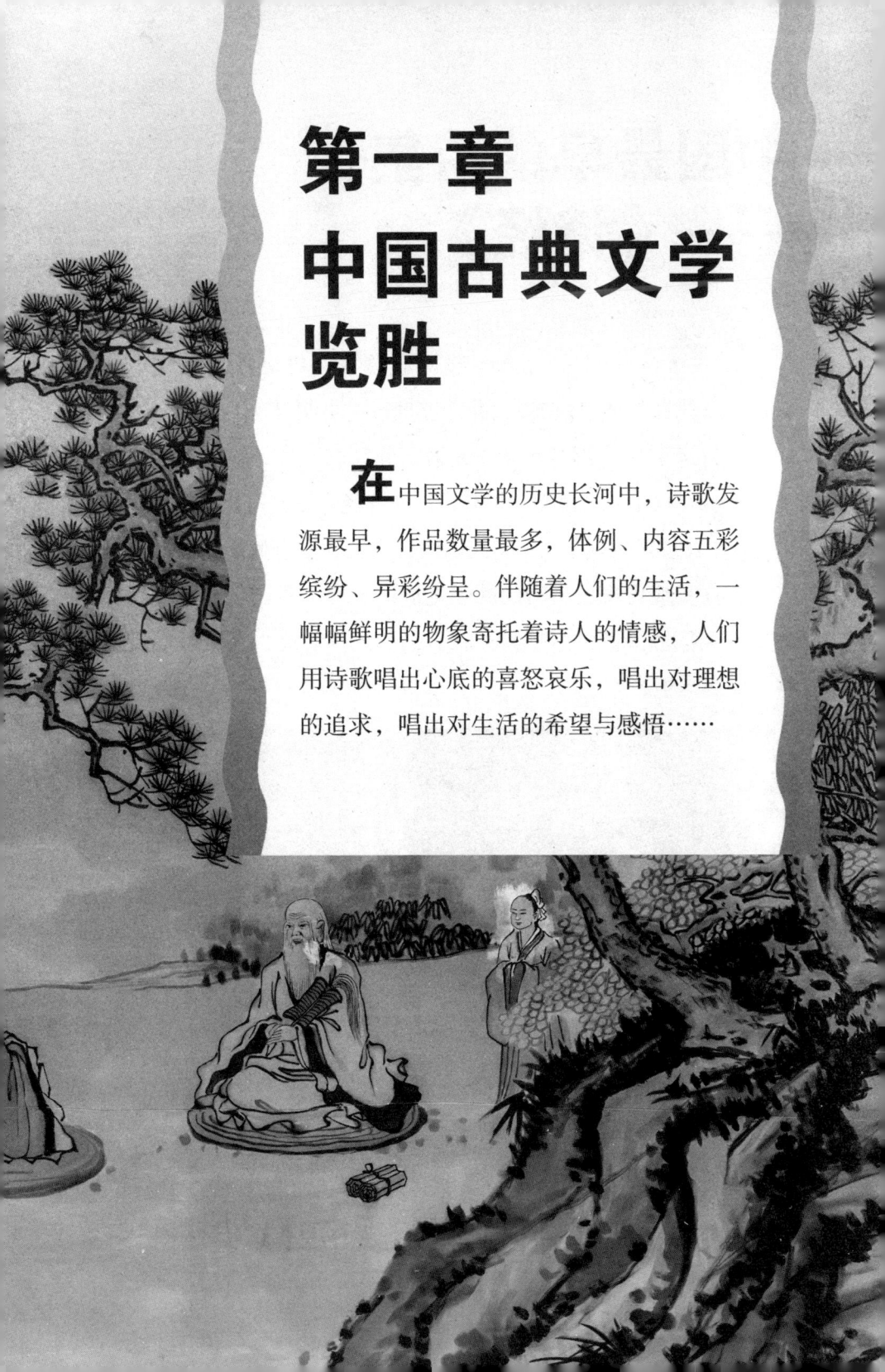

在中国文学的历史长河中,诗歌发源最早,作品数量最多,体例、内容五彩缤纷、异彩纷呈。伴随着人们的生活,一幅幅鲜明的物象寄托着诗人的情感,人们用诗歌唱出心底的喜怒哀乐,唱出对理想的追求,唱出对生活的希望与感悟……

中国最早的诗集
——《诗经》

《诗经》是我国第一部诗歌总集，原名《诗》或者《诗三百》。汉代提倡儒术，据说经孔子整理过的书都被称为经，尊为经典，故称《诗经》。《诗经》共305篇，分为风、雅、颂三部分，收集了周初至春秋中叶500多年的作品。《诗经》主要是抒情言志之作，采用赋、比、兴表现手法，句式以四言为主，常用重章叠句。《诗经》广泛、真实地再现了当时的社会生活，开启了我国现实主义创作风格先河。其关注现实的热情、积极真诚的人生态度，被称为风雅精神，对后世影响极大。

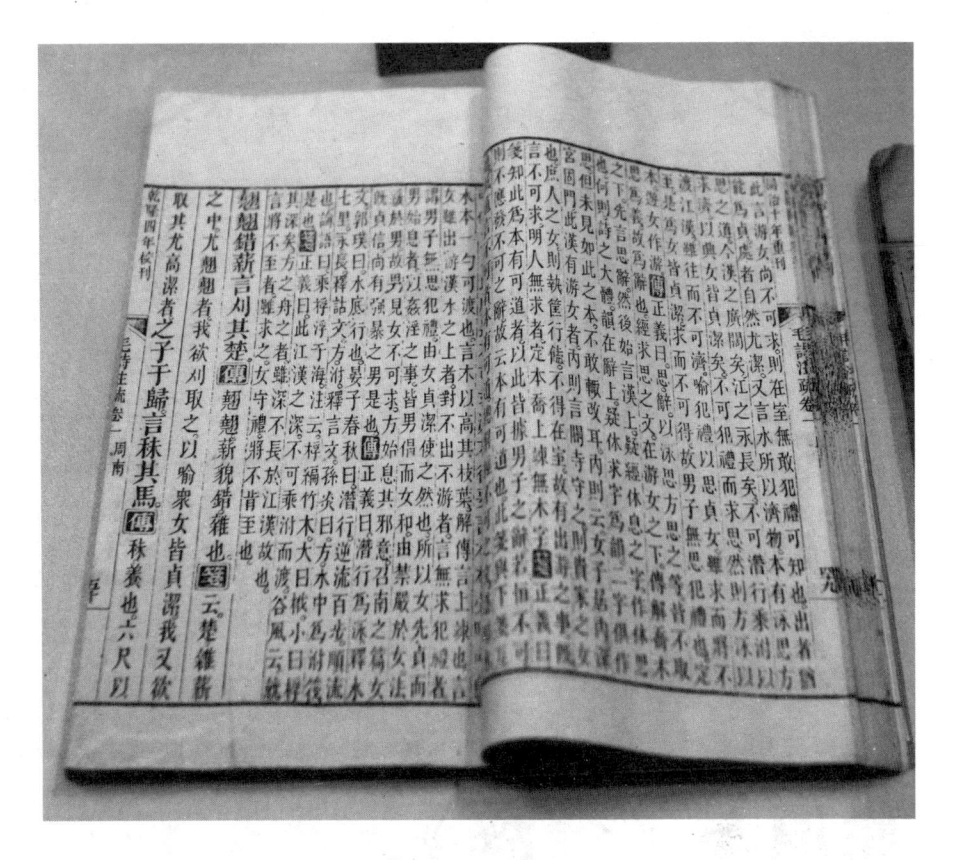

风雅颂与赋比兴

《诗经》内容分风、雅、颂三部分。风是各地区的乐调,有15国风,即采自15个地区的诗,大多为民歌,共160篇。雅是朝廷正乐,分大雅、小雅,共105篇。颂是宗庙祭祀之乐,分为周颂、鲁颂、商颂,共40篇。风、雅有较高的思想与艺术价值。赋、比、兴开创了我国古代诗歌创作的基本手法。赋即铺陈直叙,可叙事描写,也可议论抒情。比是打比方,以彼物比此物。兴是触物起兴,多在开头。三种手法交相运用,但赋为比、兴的基础。

屈原与《楚辞》

屈原（约前340—约前278），芈姓，名平，字原，战国时楚国人。我国古代第一位伟大的爱国诗人、政治家。楚辞是由屈原创作并使用具有楚地色彩的语言、乐调、名物来抒情的新诗歌形式。楚辞的直接渊源是具有神奇浪漫色彩的楚地民歌《九歌》，后经屈原加工保留下来，《离骚》等都是由此发展而来。楚辞的表现方法及风格特征深受楚民歌特有的瑰丽奇幻的浪漫精神影响，并借鉴了《诗经》的艺术精神与手法。楚辞与《诗经》一起奠定了以"风骚"为基础的传统诗歌的创作规范。

情系故国赋《离骚》

屈原的代表作《离骚》是带有自传性质的一首长篇抒情诗。全诗近2500字。离骚，即遭受忧患之意。《离骚》的核心是爱国，唱出了屈原对楚国黑暗腐朽政治的愤慨与热爱故国愿为之效力而不得的悲痛，也抒发了自己遭到不公待遇的哀怨。《离骚》具有极高的文学价值，同时屈原砥砺不懈、特立独行的节操及在逆境中敢于坚持真理、反抗黑暗统治的精神。

纯朴的歌唱：汉乐府

汉乐府是指由汉代朝廷音乐管理机构（乐府）搜集、保存而流传下来的汉代诗歌。它继承了《诗经》的现实主义传统，具有"感于哀乐，缘事而发"的特点，道出了当时的苦与乐、爱与恨及对于生与死的人生态度。汉乐府的作者涵盖了从帝王到平民的各个阶层，笔触深入社会生活的各个层面，展示了丰富多彩的艺术画面。汉乐府叙事诗情节波澜起伏，扣人心弦，标志着中国古代叙事诗的成熟，代表作是《孔雀东南飞》《陌上桑》等。

南北双璧：《孔雀东南飞》与《木兰诗》

长篇叙事诗《孔雀东南飞》与北朝民歌《木兰诗》被称为南北双璧。《孔雀东南飞》讲述了恩爱夫妻焦仲卿与刘兰芝在幸福婚姻被封建势力活活拆散后，双双自杀，以此来反抗包办婚姻的封建制度，表白他们至死不渝的爱情故事。《木兰诗》描绘了一位女扮男装、代父从军的巾帼英雄，她把对祖国、对亲人的爱融合到一起。花木兰这个植根于北方土地富有血肉与人情味的女英雄形象，是人们理想的化身，在男尊女卑的封建社会尤为可贵。

曹丕的《燕歌行》：
七言诗之祖

曹丕的七言诗《燕歌行》二首是我国现存最早的成熟文人七言诗，被誉为"七言诗之祖"。《燕歌行》对后代七言歌行体诗的发展产生了重大影响。曹丕的《燕歌行·其一》最为著名，这首诗叙写了一个女子在秋风萧瑟、天气转凉的秋夜辗转难眠，苦苦思念淹留他乡的丈夫。女主人公情思描写细腻婉曲，深切感人。曹丕的诗善于抒写个人情感——征人、思妇的离别思乡之情，语言清丽，音韵和谐，淋漓尽致地展现了他娟丽婉约的诗风。

曹植与五言诗

曹植（192—232），字子建，建安诗坛杰出代表。他是第一位大力写作五言诗的文人，对诗歌的发展作出了杰出的贡献。政治与人生的悲剧客观上促成了他诗歌创作的卓越成就，诗中充满拯世济物的理想和恃才傲物的性格，骨气奇高，辞采华茂。他的诗体现了乐府诗向文人诗的转变：有《诗经》"哀而不伤"的庄雅，含《楚辞》深邃的奇谲；继承了汉乐府反映现实的内容，保留了《古诗十九首》温丽悲远的情调。

竹林七贤

竹林七贤是三国魏末时期七位名士的合称。他们是谯国嵇康、陈留阮籍、河内山涛、河内向秀、沛国刘伶、陈留阮咸、琅琊王戎。由于他们互有交往，而且曾集于修武县竹林之下肆意酣畅，故世称竹林七贤。他们的思想倾向略有不同：嵇康、阮籍、刘伶、阮咸始终服膺老庄，越名教而任自然，山涛、王戎则好老庄而杂以儒术，向秀则主张名教与自然合一。竹林七贤在文学创作上亦成就不一。

田园诗人陶渊明

陶渊明（365或372或376—427），又名潜，字元亮，号五柳先生，东晋人。41岁时"不为五斗米折腰"而辞官归隐，此后一直过着"躬耕自资"的隐居生活。他是中国文学史上第一位成功地将"自然"提升到美的至境的诗人。他描写日常田园生活，表现生活中的哲理，开创了"田园诗"这种新题材。通过描写田园景物的恬美、田园生活的简朴，着力表现自己田园生活的怡然自得之乐。诗风平淡自然，巧妙地将写景、叙事、抒情与阐发体验到的生活哲理融为一体。代表作有《归园田居》《饮酒》等。

谢灵运的山水情怀

谢灵运（385—433），南朝诗人。谢灵运生于晋、宋易代的社会动荡时期，因政治抱负不得施展，自出任永嘉太守后，纵情山水，肆意遨游，并写成诗咏。此举既发泄了内心的不满，也在山水清音中得到心灵的慰藉。他开创了"山水诗"，将山水作为独立的审美对象，在诗中客观描摹鲜丽清新的自然美景。山水诗的创立标志着人与自然进一步的沟通与和谐，标志着一种新的自然审美观念与审美情趣的产生。代表作有《登池上楼》《入彭蠡湖口》等。

"初唐四杰"

"初唐四杰"指生于初唐贞观年间的诗人王勃（650或649—676）、杨炯（650—约693）、卢照邻（约637—约686后）和骆宾王（约638—684）。他们有变革文风的自觉意识，审美追求明确：反对纤巧绮靡，提倡刚健骨气。他们都确有文才而自负很高，官小才大，名高位卑，心中充满了博取功名的理想和激情，郁积着不甘居人之下的雄杰之气，因此在诗作中重视抒发一己之怀，作不平之鸣，充满阔大的气势和慷慨悲凉的感人力量。在创作中，王、杨长于五律，卢、骆长于七言歌行。

盛唐之音的序曲：
陈子昂的诗

陈子昂（659—700），初唐诗人，唐代诗歌革新的先驱。他在理论上提出诗歌创作应师法"汉魏风骨"，主张恢复古诗比兴言志的风雅传统，提出应将追求风骨与声律、词采之美结合的诗美理想。他的诗歌充满壮伟之情和豪侠之气，反映出一个时代士人精神面貌，体现出极强的个性风采。其千古绝唱《登幽州台歌》，唱出历史上无数心怀天下而身处困境者的心声，是齐梁以来从未听到过的洪钟巨响。他开启了盛唐诗歌的序曲，对唐诗的发展有重大影响。

自然的禅意：王维的诗

王维（701？—761），盛唐山水田园诗的代表作家。王维归心佛法，中年后亦官亦隐的生涯，加之他精通音乐，擅长绘画，善于细致敏锐地观察自然，因此其抒写隐逸情怀的山水田园诗创造出"诗中有画，画中有诗"的静逸、明秀诗境。诗中展示了作者忘情于山水而自甘寂寞的高逸情怀，自然的宁静之美与作者空明的心境完全融为一体，达到"心静如空"的境界，创造出毫无纤尘之扰的纯美诗境。代表诗作有《山居秋暝》《终南山》等。

隐逸诗人孟浩然

孟浩然（689—740），盛唐诗人中终身不仕的一位作家，也是一位山水田园诗人。他是唐代第一个大量写作山水诗的诗人，成就仅次于王维。他一生多次出游，且偏爱舟行，写下许多平淡清远而又意兴无穷的山水诗，如《宿建德江》《耶溪泛舟》等。在其空灵的诗境中，让人体味到诗人空明与寂静的心境。他的田园诗更贴近自己的隐逸生活，诗中景物常常是他自己的生活环境，语言平淡、自然，不假雕饰，如《春晓》《过故人庄》等。

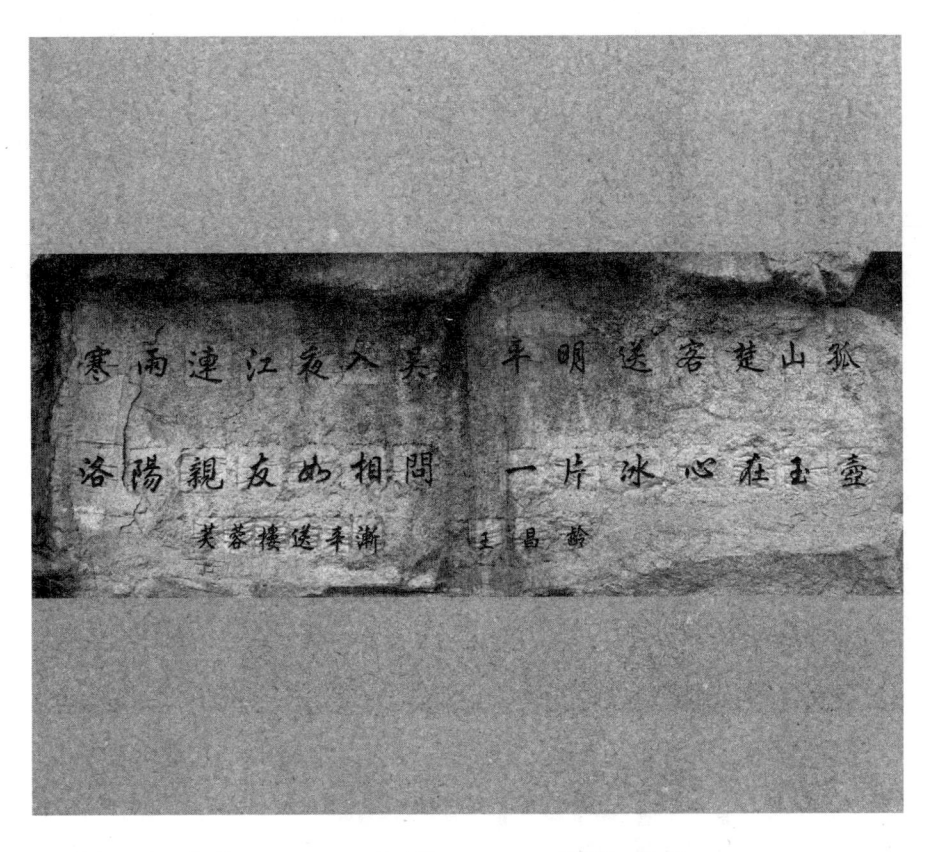

"七绝圣手"王昌龄

王昌龄（？—756），盛唐边塞诗人。他的边塞诗充满阳刚之气，多用乐府旧题写成七言绝句。在《从军行》《出塞》这两组著名七绝中，以大漠、雪山、长城、秋月等旷远苍凉的边地为背景，充溢着戍边将士"不破楼兰终不还"的豪情，诗中将离愁别怨与英雄气概融为一体，声情悲壮激昂。其七绝意境雄浑开阔，情调激越悲凉，当时有"诗家天子王江宁"的美称。因他擅长写七绝，且成就极高，所以被后人称为"七绝圣手"。

"天子呼来不上船"
——诗仙李白

李白（701—762），继屈原之后最伟大的浪漫主义诗人。他的诗歌热烈追求光明，抨击黑暗现实，赞美祖国雄美山川，歌颂淳朴友情与高尚品德。感情豪迈奔放，色彩瑰玮绚丽，想象丰富奇特，风格飘逸、奔放、雄奇、壮丽。李白独特的个性魅力表现在"天生我材必有用"的非凡自信，"安能摧眉折腰事权贵"的独立人格，"戏万乘若僚友"的凛然风骨，对后代文人产生了巨大的影响。脍炙人口的佳作有《蜀道难》《将进酒》《行路难》等。

"安得广厦千万间"
——忧者杜甫

杜甫（712—770），古代最伟大的现实主义诗人。他的诗真实地反映了唐王朝安史之乱时期广阔的社会生活，充满强烈的忧国忧民的情怀，被称为"诗史"。又因其诗极高的思想性和艺术性，他被尊为"诗圣"。他善于吸取一切文学的营养并发扬光大，形成"沉郁顿挫"的风格（沉郁：感情悲慨壮大深厚；顿挫：感情波澜起伏、反复低回）。他擅长诗歌各体，尤其对七律的发展作出杰出贡献，佳作《登高》被誉为"古今七律第一"。

"惟歌生民病"的白居易

白居易（772—846），中唐诗坛杰出的现实主义诗人。在文学上主张"文章合为时而著，歌诗合为事而作"，是新乐府运动的倡导者。他的诗歌突出强调并全力表现通俗性与写实性，在中国诗史上占有重要地位。其讽喻诗，如《秦中吟》《新乐府》等，广泛尖锐地揭露了政治的黑暗，反映了人民的痛苦；采用一诗专咏一事、题下小序点出主旨的形式，形成口语化的民歌咏叹情调。另外，其长篇叙事诗《长恨歌》与《琵琶行》也非常著名。

韩孟诗派

韩孟诗派是指中唐时韩愈（768—824）、孟郊（751—814）等因相同的诗歌理论与创作风格而结成的团体。他们认为：作诗应不平则鸣，"笔补造化"，并崇尚雄奇怪异之美。韩愈的诗以气势雄大见长，意想怪异著称，如《石鼓歌》；孟郊的诗怪异、幽僻、冷涩，以苦吟著称，注重造词炼字，追求构思的奇特超常，人称"郊寒"最为恰切；李贺（790—816）多以乐府体裁驰骋想象、夸张，自铸奇语，表现苦闷情怀，具有凄艳诡激的诗风。韩孟诗派还有卢仝、马异、刘叉等人。

夜雨寄北

君问归期未有期

巴山夜雨涨秋池

何当共剪西窗烛

却话巴山夜雨时

李商隐

朦胧的情思：
李商隐的无题诗

李商隐（约813—约858），晚唐著名诗人。因受当时党争影响，被人排挤，潦倒终生。他善于把心中复杂惆怅莫名的情绪，化为诗中恍惚迷离的意象，形成雾里看花般的朦胧诗境与情思，词意缥缈难寻，具有多义性，因此他的无题诗的内容一直众说纷纭。抒情之作中，最杰出的是以无题为中心的爱情诗，他以平等、纯情的态度写爱情与女性，情真意挚，深厚缠绵，如《无题·相见时难》等。他把感伤情绪注入朦胧瑰丽的诗境，形成凄艳浑融的风格。

末世的惆怅：晚唐诗人杜牧

杜牧（803—853），晚唐著名诗人，与李商隐并称"小李杜"。杜牧才华横溢，抱负远大，颇有建功立业之志，但唐王朝的末世景象与自身抱负的落空，只能使诗人借怀古咏史之作，在即景抒情中注入深沉的忧国忧民的感慨，如《过华清宫三绝句》。抒情写景诗清新俊爽，明丽自然，成就最为突出。他擅长七律、七绝，七绝中脍炙人口的名篇有《赤壁》《山行》《江南春》《泊秦淮》等。借古讽今的短赋《阿房宫赋》也颇有盛名。

平淡为美的宋代诗歌

宋诗在继承唐诗成就的基础上，形成了独特的风格。在大诗人苏轼、黄庭坚等"以俗为雅"的审美观念引导下，诗歌更加贴近日常生活，以日常平凡小事作为诗的题材。如苏轼曾咏水车、秧马等农具，黄庭坚曾写咏茶之诗。宋人的送别诗多写私人交情与自身感受，山水诗则多写游人熙熙攘攘的金山、西湖。同时受"文以载道"的影响，在诗中加入较多的议论。语言更通俗，采用俗字俚语，平易近人。这些构成宋诗创作上的整体风格追求：以平淡为美。

苏轼的理趣诗

苏轼（1037—1101），宋代极负盛名的全能作家。他的诗作题材广泛，风格多样，是北宋诗歌的最高成就。他创作了一些优美动人、饶有趣味的理趣诗。如在《题西林壁》与《和子由渑池怀旧》中，"不识庐山真面目"和"应似飞鸿踏雪泥"，通过鲜明的艺术意象自然表达出人生的哲理与理性的反思，这类诗作还有《泗州僧伽塔》和《饮湖上初晴后雨》等，诗人独具慧眼，善于从极平常的生活和自然景物中发现妙理新意，为诗歌创作增添了新题材。

"无一字无来处"：
北宋诗人黄庭坚

黄庭坚（1045—1105），北宋著名诗人，"苏门四学士"之一，两宋之际最大诗派"江西诗派"的领袖。其作诗理论是"诗词要从学问中来"，认为诗文"无一字无来处"，写诗应将古人语言巧妙翻新，"点铁成金"。黄诗的特点是文人气和书卷气特别浓厚。他喜欢吟咏书画、茶、笔墨纸砚等文人物品，在展现高雅情趣中表现诗人的情感。立意、修辞求新求变，追求炼字与用典，声律奇峭，形成独具特色的"山谷体"，但也有奇险、生硬等不足。

北望中原：
陆游诗歌的爱国情怀

陆游（1125—1210），南宋伟大的爱国诗人。陆游"六十年间万首诗"，流传至今的就有9300余首，是我国古代作品最多的诗人之一。他诗歌主要内容是抗敌复国，突出的主题就是表现爱国主义精神。诗人以激越悲壮的声音，唱出了渴望祖国统一的强烈愿望，抒发了自己"一生报国有万死"的意愿和"报国欲死无战场"的悲愤。他的诗歌把爱国主题弘扬到前所未有的高度，为宋诗注入了英雄主义和阳刚之气。代表作有《关山月》《书愤》等。

琵琶起舞换新声
——词的兴起

词是一种和音乐紧密结合的诗歌形式,产生于隋,发展于唐五代,盛于宋。词源于民间,敦煌曲子词是现存最早的词,它保存了民间词浓烈生活气息的朴素风格。词又叫"曲子词""长短句"。其兴起与唐代音乐发达、城市繁荣有密切关系,唐代以琵琶为主的西域音乐大量传入内地,结合内地民间歌曲,创作了许多新乐曲,广泛流行于宫廷、民间,一些文人也写出了优秀的词,如张志和的《渔父》,韦应物的《调笑令》,白居易的《忆江南》等。

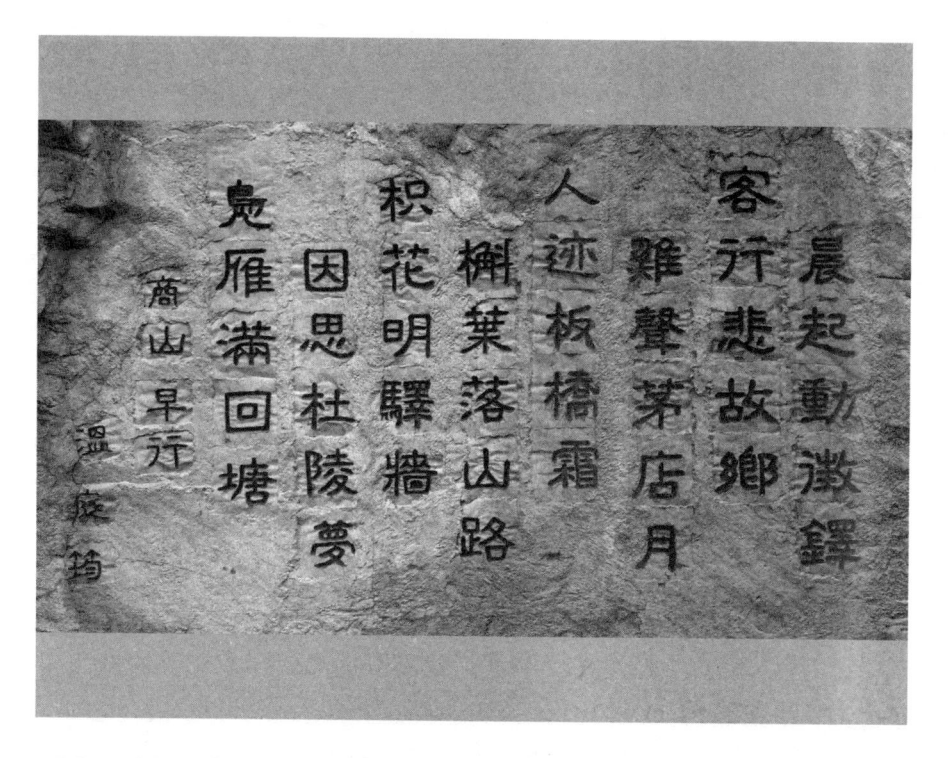

花前月下的歌吟：
温庭筠与花间词

温庭筠（？—866），晚唐诗人中写词最多的作家。他颇有文才，精通音律，长期出入秦楼楚馆，"能逐弦吹之音，为侧艳之词"，其词多写闺情、相思，色彩浓艳，辞藻华丽，构成"香而软"的风格。现存词作60余首，大都收入《花间集》中，成为花间派的鼻祖。《花间集》是第一部文人词总集，由五代后蜀赵崇祚所编，选录晚唐、五代18位作家的500首词，这些词的内容风格与温词相近，"花间"恰好形象地展示了其特点。

宋代第一个"专业"词人
——柳永

柳永（约987—约1053），北宋第一个"专业"写词并对词进行革新的作家。柳永第一个大量创制篇幅较长、音韵繁复的慢词，扩大了词的内涵；他拓展了词的题材，变雅为俗，表现市民生活与感情，描写都市的繁华和市井风情，成就最高的是描写羁旅行役之苦的作品，情景交融的《雨霖铃》与《八声甘州》皆为名作。词作以铺叙见长，善用白描，多用口语，清浅平易，在宋代"凡有井水饮处，即能歌柳词"，流传极广。

抒写性情的苏轼词

苏轼是豪放词派的开创者,对词的贡献超过了他的诗、文。继柳永后他对词体进行了全面改革,最终突破了词为"艳科"的传统樊篱,凡怀古、感旧、记游、说理等诗人惯用的题材,他都用词表达,极大地开拓了词境,扩大了词的表现功能。他的词作重在抒写性情,豪放词代表作有《水调歌头·明月几时有》《念奴娇·赤壁怀古》《江城子·老夫聊发少年狂》等;他也作表现爱情的婉约词,如《蝶恋花·花褪残红青杏小》《江城子·十年生死两茫茫》等。

"别是一家"的李清照词

李清照（1084—约1151），南宋前期著名女词人。她提出词"别是一家"的理论，反对以作诗、文之法作词，进一步确立了词的独立文学地位。其词作生动地展示了她的生命历程和感情历程：以南渡为界，前期词大多写她少女少妇生活，词风清丽婉约，如《如梦令·昨夜雨疏风骤》《醉花阴·薄雾浓云愁永昼》等；后期词多写国破家亡的惨痛心境，词风沉哀凄苦，如《声声慢·寻寻觅觅》。其词善用白描，语言清丽素雅，别开生面，创造出水墨画般清婉秀逸之境。

稼轩的豪放词

辛弃疾（1140—1207），号稼轩，南宋最著名的爱国词人。他继承苏轼的豪放词风，与之被并称为"苏辛"。他进一步拓展了词境，以强烈的政治热情和豪壮的英雄本色，把词引向更广阔的社会现实。词作表达了渴望收复失地、统一祖国的热望和壮志难酬的悲愤，其豪放词博大雄奇，慷慨悲壮，长于比兴，并大量运用典故，充满爱国激情与热血男儿的阳刚之气。有《水龙吟·登建康赏心亭》《破阵子·醉里挑灯看剑》《永遇乐·京口北固亭怀古》等名作。

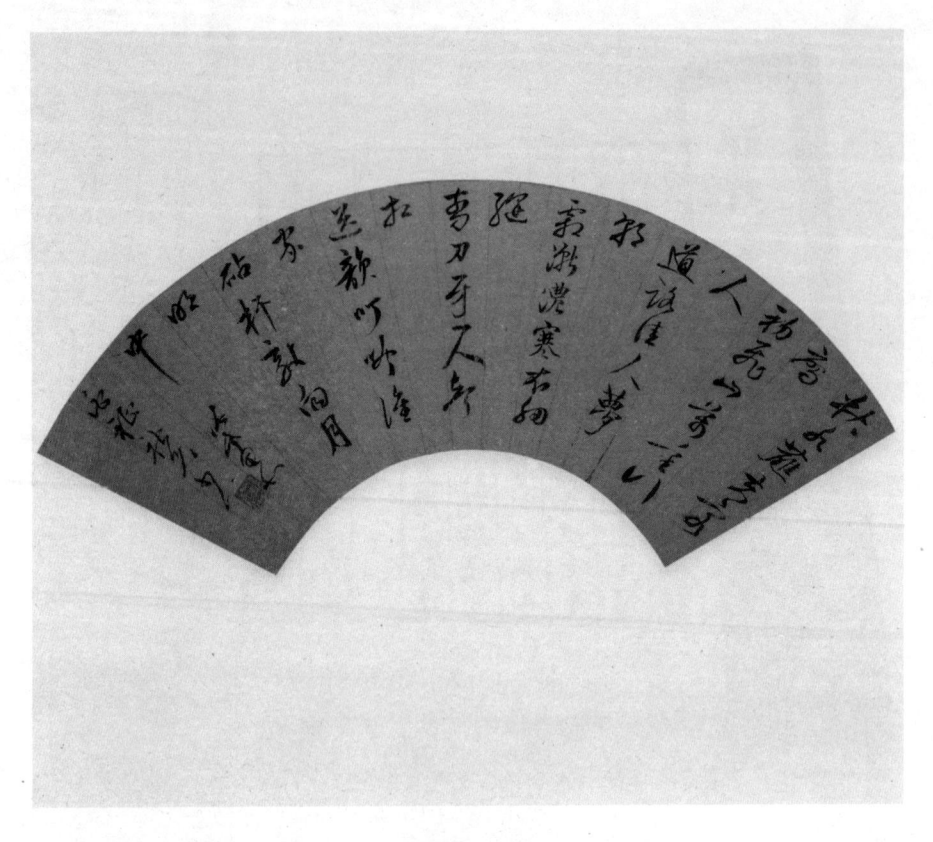

文坛奇葩：散曲

散曲是元代继诗、词后兴起的新诗体，代表了元代诗歌创作的最高成就。散曲是和乐的诗歌，分小令和套数两种形式。套数是由两个以上的同一宫调若干曲子连缀而成，一韵到底；小令体制短小，通常以一支曲子为独立单位。无论质量或数量，小令都居于散曲主要地位。散曲的特点是押韵灵活，可平仄通押韵；句中可增加衬字。散曲内容涉及社会生活的各个方面。著名散曲作家有关汉卿、马致远、白朴、张可久、张养浩等。

"曲状元"马致远

马致远（约1251—1321后），元代杂剧作家、散曲家，被誉为"曲状元"。在开拓散曲的题材、提高散曲的意境方面卓有成就。他的散曲带有更多的传统文人气息。今存其散曲120多首。他的散曲融奔放的情感、旷达的胸襟、深沉的意境与透辟的哲理于一体，语言放逸宏丽，对仗工整妥帖，他被视为元散曲豪放派的代表作家。小令俊逸疏宕，别具情致。脍炙人口的小令《天净沙·秋思》仅28字就勾勒出一幅秋野夕照行旅图，景中含情，情景交融，被誉为"秋思之祖"。

古代散文朝圣

散文是最早出现的文学形式之一。在3000多年的文学发展中，散文经历了重大的变化，由先秦、两汉散文内容的文、史、哲不分，至魏晋时代的文学独立，从史书中逐渐脱离出来，它历经"散体——赋体、骈体——兼各体之长的散体"的过程，到唐、宋时，古代散文达到内容、形式的巅峰。在中国文学史上，无数著名的或无名的作家，为中国古代散文的发展作出了伟大的贡献，使古代散文呈现瑰丽多姿的壮观景象。

言简意深的《论语》

《论语》记载了孔子（前551—前479）及其弟子的言行，由孔子弟子及再传弟子编纂而成。《论语》是语录体散文集，辑录成书在战国初年。《论语》全面展现了儒学大师孔子政治、哲学、教育、伦理、文化等各方面的思想。《论语》的文学性在于对孔子言行举止、生活习惯的记载中，表现了亲切感人的文化巨人孔子的形象，全书用形象简约的语言表达了深刻的哲理。《论语》言近旨远、词约义丰的说理，形象隽永的语言，对后世影响深远。

气盛言宜的《孟子》

《孟子》七篇主要记录了儒家大师孟子（约前372—前289）的谈话，由孟子与其弟子共同编著。该书表现了孟子对儒家学说的继承与发展，记录了孟子游说诸侯，宣传自己行王道、施仁政的政治主张的活动内容。气势浩然是《孟子》论辩散文的重要风格特征，它源于孟子人格修养的力量。巧妙运用逻辑推理的方法，善于采用欲擒故纵、反复诘难的手法，并大量使用反问、排偶等修辞来加强文章气势，使文气磅礴，具有难以阻挡的气势。

汪洋恣肆的《庄子》

先秦说理散文中，最有文学价值的是道家代表作《庄子》。《庄子》33篇，分为内篇、外篇、杂篇3部分。一般认为，内篇为庄子（名周，约前369—前286，战国时宋国人）所作，其他出自后学之手。寓言是《庄子》最主要的表现形式，运用超常的想象力，构成奇特的形象世界，让读者去体味、领悟其哲学思想。丰富的寓言和诡奇的想象，构成《庄子》瑰玮奇崛的艺术境界，而语言的行云流水、汪洋恣肆、跌宕跳跃和音调和谐又使其具有诗歌语言的特点。

汉赋与司马相如

汉初,赋家追随楚辞,创造出骚体赋。西汉中期司马相如等人创制出体制宏大的散体大赋。司马相如(约前179—前118),字长卿,西汉著名汉赋家。他具有较强的独立精神与社会责任感,注重作品的社会效果,写作宗旨严正,即使在极端铺张的大赋创作中也贯穿讽喻的主线,有所针砭。代表作《子虚赋》《上林赋》在汉赋中具有重要意义和典范作用,确立了散体大赋的体制、表现手法与"劝百讽一"的赋颂传统,多为后世辞赋家效法。

中国历史的长城
——《史记》

司马迁,字子长,西汉著名史学家、文学家。他撰写的《史记》是我国纪传体史学的奠基之作,也是传记文学的开端。《史记》采用以人带史的写法,由十二本纪、十表、八书、三十世家、七十列传组成。本纪、世家、列传中的人物传记最有文学价值,传主从帝王将相,到市井百姓,三教九流,应有尽有,每个人物都各具姿态,有鲜明的个性特征。《史记》代表了古代历史散文的最高成就,鲁迅称它为"史家之绝唱,无韵之离骚"。

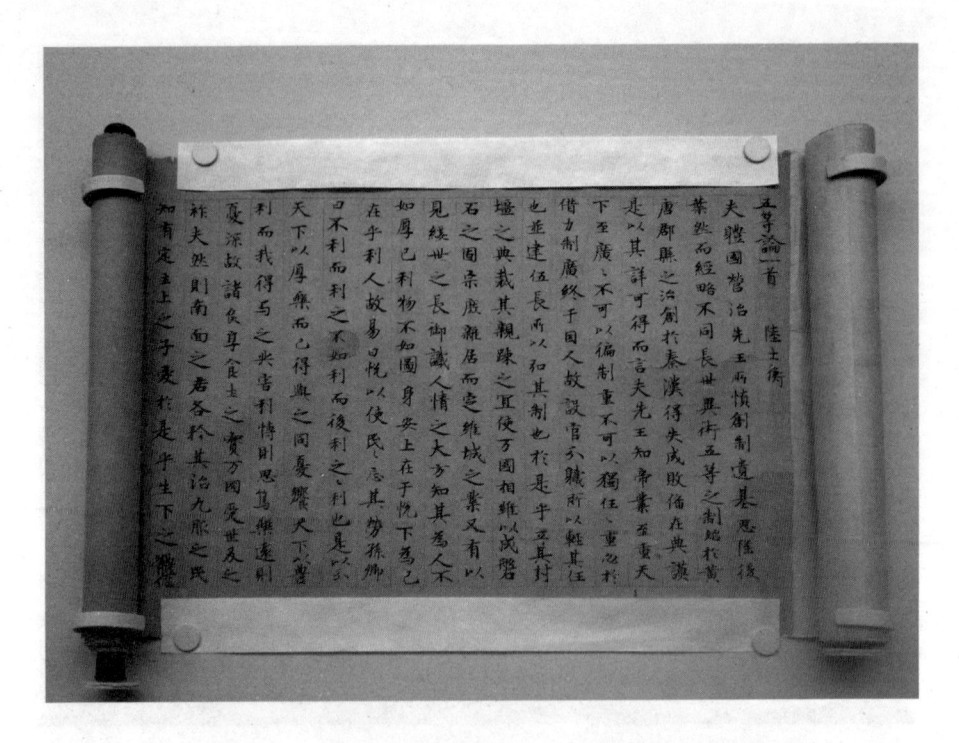

以"赋"论文的《文赋》

陆机的《文赋》是中国美学史上第一篇具体而详细地讲述文学创作的文章。陆机,字士衡,生于261年,死于303年。陆机不但"少有异才,文章冠世"(《晋书·陆机传》),而且体魄魁梧,"长七尺余,声作钟声,言多慷慨"。陆机在《文赋》自序中明确表示,他从阅读前人的作品和自己的写作实践中对文学创作的复杂变化有深切的体会。他写作《文赋》的目的就是要探讨文学创作的内部规律,解决创作中经常出现的"意不称物,文不逮意"的问题。陆机全面、系统地探讨了文学创作过程中一系列根本性的问题,对后世影响颇大。

唐代骈文的新变化

唐代骈文从"初唐四杰"起,不少作品除工整对偶、华丽辞藻外,还展示出流动活泼的生气与注重骨力的刚健风格:王勃《滕王阁序》与骆宾王《代李敬业传檄天下文》中的佳句,已为千古传诵;盛唐张说等人在写作中运散入骈,气势雍容雄浑;大诗人李白运诗入文,变用典为白描,说理抒情简洁明快,《春夜宴从弟桃李园序》如行云流水;中唐陆贽的奏议,除尽骈文丽辞浮藻,代之以充分的散体。以上为唐骈文走向平易流畅的过程。

《滕王阁序》：骈文的最高成就

唐代骈文从"初唐四杰"起，一反柔弱、浮华文风，作品不仅工整对偶、辞藻华丽，还注重流动活泼的生气与骨力的刚健，王勃的《滕王阁序》代表了骈文的最高成就。文章在极力描写当地物产、历史人物和宴会盛况后，即景生情，抒发自己的抱负和怀才不遇的心绪。结构宏大而脉络分明，前后呼应，一气呵成，语言精美俊逸，读起来朗朗上口。文中"落霞与孤鹜齐飞，秋水共长天一色""老当益壮，宁知白首之心；穷且益坚，不坠青云之志"等，已成为千古佳句。

韩愈与古文运动

韩愈(768—824),唐代文学家,名列"唐宋八大家"之首。他与柳宗元同为古文运动的倡导者,反对六朝以来的骈偶文风,提倡散体,主张文道合一,言之有物,强调"去陈言"。其散文继承了先秦、两汉古文传统,并加以创新发展,将浓郁的情感注入散文中,强化了作品的抒情特征和艺术魅力,气势雄健,说理透辟,对散文创作产生了巨大影响。说理文《师说》、杂文《杂说》、传记文《张中丞传后序》、祭文《祭十二郎文》等被称为千古名篇。

柳宗元的游记散文

柳宗元（773—819），唐代文学家，与韩愈同为古文运动的倡导者，同为"唐宋八大家"之一，并称"韩柳"。他的散文题材多样，异彩纷呈：说理文深刻犀利，传记文形象生动，寓言警策深远，山水游记更是散文中的精品。游记代表作《永州八记》写于贬官处永州，用奇美秀丽却遭人忽视、为世所弃的自然山水与自己才华卓越却不被当朝所用、被远弃遐荒的悲剧命运相类比，融情于景，情景交融，形成柳氏山水游记独特的"凄神寒骨"之美。

欧阳修：诗文革新的领袖

欧阳修（1007—1072），北宋中叶诗文革新的领袖。欧阳修反对宋初以来追求形式的靡丽文风，主张文章应明道、致用，并积极培养后学，形成我国古文创作的又一全盛时期。欧阳修的散文简洁流畅，平易自然。政论名篇《朋党论》正义凛然，言辞锋利；史论《伶官传序》以史为鉴，发人深省；融写景、叙事、抒情为一体的名篇《醉翁亭记》，文笔清新圆熟，佳句千古传诵；名作还有创造了赋的散体形式、诗意浓郁的《秋声赋》。

多姿多彩的苏轼散文

苏轼散文为宋代文章成就之最高。他的散文气势雄放,语言平易畅达,风格如行云流水,随不同的表现对象而变化自如,多姿多彩。说理文以艺术感染力加强说服力,具有美文性质,如《日喻》中的比喻;记游文将叙事抒情议论水乳交融,《石钟山记》在情景交融的意境中自然展开哲理议论;散体赋名篇前、后《赤壁赋》沿用赋体传统格局,在描写长江月夜的美景中,抒写超然物外的人生哲学,文中骈散并用,情景理兼备,构成优美的散文诗意境。

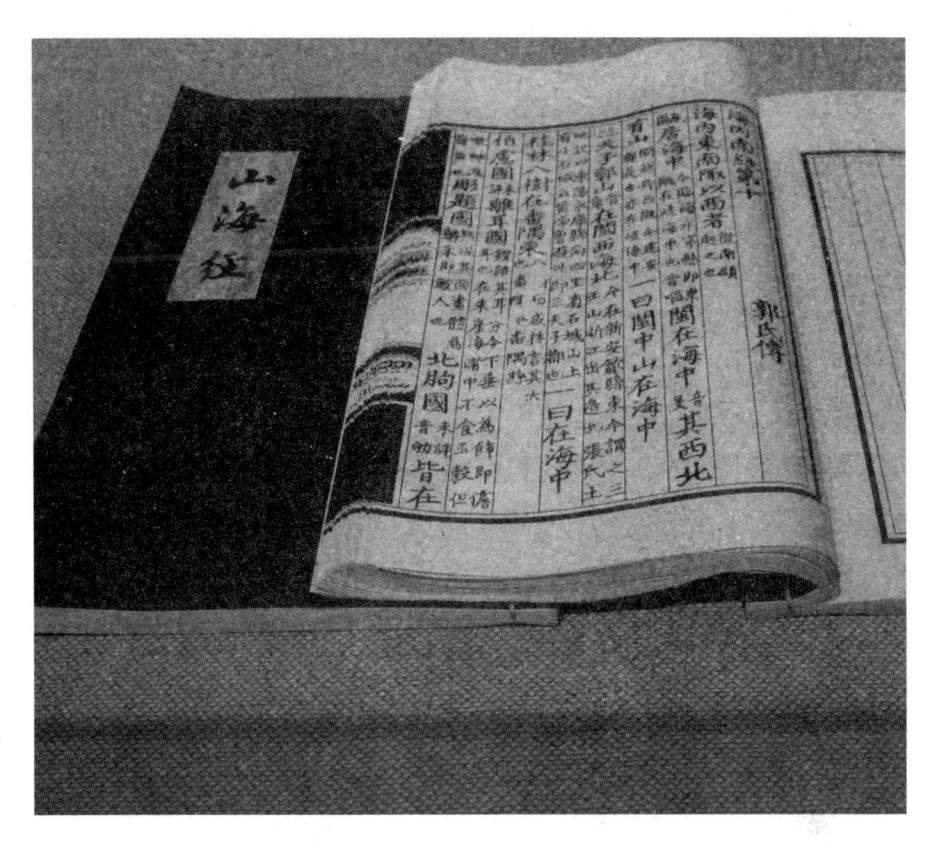

神话宝典：《山海经》

《山海经》约成书于战国初年到汉代初年，是我国古代保留神话资料最多的著作。全书分山经五卷、海外经四卷、海内经五卷、大荒经四卷。《山海经》中有大量对山神形貌的描述，含有自然崇拜和图腾崇拜的意识。全书中神话色彩最浓的是海经、大荒经，记录了一些异国人的奇异相貌、风俗习惯。其中不少想象奇特的神话，如鲧禹治水、刑天舞干戚等流传广远。许多故事已具清晰的轮廓，较完整的形象，是中国小说的萌芽。

罗贯中的《三国演义》

罗贯中（约1330—约1400），元末明初小说家。《三国演义》是我国第一部长篇章回体小说，也是历史演义小说的开山之作。它描写了自黄巾起义到西晋统一的近百年历史，借助三国史实基干与框架，描绘了一幅波澜壮阔、气势恢宏的历史画卷。小说善于描写战争，是罕见的"全景性军事文学"。采用"文不甚深，言不甚俗"的浅近文言。全书描写了400多个人物，刻画了一大批独具个性的人物形象，是一部成就高、影响大的历史小说。

施耐庵的《水浒传》

施耐庵（1296—1371），元末明初小说家。《水浒传》是我国第一部长篇白话小说。小说中宋江起义的故事源于历史真实事件。施耐庵在民间流传、话本、剧作基础上加工提高，写成小说。小说塑造了一系列神态各异的英雄形象，可贵的是将性格相近的人物写得各自不同，突出了人物个性。现存多种版本，70回版突出了"官逼民反"的主题，尤为精彩；120回版则反映起义发生、发展和失败的全过程。《水浒传》对我国英雄传奇小说的创作和国民精神产生了重大影响。

吴承恩的神魔小说
《西游记》

吴承恩（约1500—约1582），明代小说家。《西游记》是我国著名的长篇神魔小说，书中玄奘取经的故事是在真人真事基础上不断神化、幻化，最后以"幻"的形式定型。书中虽是写神魔世界，但却是现实社会的折光。主人公孙悟空为实现理想而奋斗不懈的献身精神和强烈的个性色彩令人称道，它张扬了人的自我价值和对人性美的追求。作者以丰富的想象力塑造出五光十色的神话世界，达到我国古典小说浪漫主义艺术技巧的最高峰。

"三言"与"二拍"

明代文人一边编辑加工宋元话本,一边模拟话本形式写作,于是出现了白话短篇小说(又叫拟话本)。明末冯梦龙(1574—1646)搜集加工宋元话本和明代拟话本的同时进行创作,编成三部短篇小说集:《喻世明言》《警世通言》《醒世恒言》,后人称为"三言",共收短篇小说120篇,每集40篇,主要反映城市平民的生活和思想。随后,凌濛初(1580—1644)编著了《初刻拍案惊奇》《二刻拍案惊奇》两个拟话本,共收小说78篇,人称"二拍"。

蒲松龄的《聊斋志异》

蒲松龄（1640—1715），清代文学家。《聊斋志异》是我国古代成就最高的一部文言短篇小说集。《聊斋志异》全书491篇，是蒲松龄一生心血的结晶，写的大都是狐鬼花妖精怪的故事。有揭露社会黑暗，同情百姓遭遇，抨击科举制度的弊端，表现青年男女在封建礼教下对真挚爱情的追求，寄寓某些人生哲理等内容。《聊斋志异》在艺术上继承了六朝志怪和唐传奇的传统并有所创造，想象丰富，情节曲折有致，人物各具性格，闪耀着浪漫主义光彩。

吴敬梓的《儒林外史》

《儒林外史》是我国第一部杰出的长篇讽刺小说，由清代小说家吴敬梓（1701—1754）所著。小说汲取以往文学作品中讽刺艺术的营养，生动描写了一系列受科举毒害和市侩熏染的读书人，再现了产生这些人物的社会环境，真实揭露了政治腐败和世风堕落的根源。同时在正面人物身上寄托了作者的理想。全书由十几个故事连缀而成，采用第三人称客观观察的叙事方式，善用白描，将人物虚伪丑恶灵魂暴露无遗，是中国讽刺小说的经典作品。

红楼梦

古代小说的巅峰：曹雪芹的《红楼梦》

曹雪芹（约1715—约1763），清代伟大的小说家。《红楼梦》以贾宝玉、林黛玉的爱情悲剧为主要线索，着重描写了封建贵族大家庭由盛到衰的过程，深刻揭露和无情批判了封建制度和封建礼教，歌颂了具有叛逆精神的贵族青年，表现出争取男女平等、婚姻自由的民主思想。小说结构宏伟、严密，细腻地刻画了各具特点的众多人物，语言准确洗练，优美生动，体现了中国古典长篇小说的最高成就，是一部世界性的文学名著。

三曹与建安七子

汉末建安时代,以曹操父子为中心,"建安七子"群星环绕,形成诗歌创作的新气象。当时动乱不息,建安诗人处于时代与个人双重悲剧的交会点上,他们敢于正视苦难社会与人生,富于忧国之思和"拯时济物"的宏愿,展示自己及时建功立业的雄心;在创作中继承了《汉乐府》浑厚、刚健、朴素的特色,又努力展现独特的个性风貌,写下清新刚健的诗篇,这就是建安风骨。"三曹":曹操、曹丕、曹植。"建安七子":王粲、孔融、刘桢、陈琳、阮瑀、应场、徐干。

中国珍

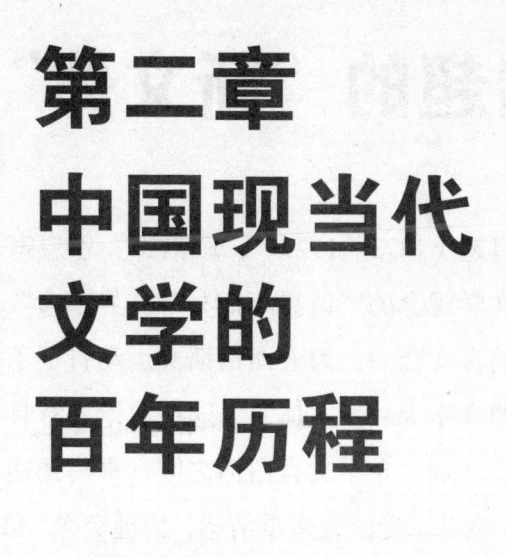

第二章
中国现当代文学的百年历程

中国现代文学发端于"五四"新文化运动。现代文学作品重在表现人生,反映时代特征,体现着民主主义、人道主义等思想,洋溢着觉醒的时代精神。创造了既与世界文学相联结,又具有民族特色的崭新的文学样式和文学语言。

梁启超的"新文体"

梁启超（1873—1929），政治家、思想家、文学家、学者，提出变革文学观念的"诗界革命""文界革命""小说界革命"等观点，提倡言文合一，为五四白话文运动打下了基础。他称自己流亡日本时的文字为"新文体"，这些政论文章具有极强的开拓创造精神，思想新颖，介于文言白话之间，平易畅达，条理清晰，笔锋常带忧患、变革、爱国等多重情感，情理交融，鼓动力极强。如《少年中国说》《新民说》《说希望》等。他是五四前最重要的散文家。

最早翻译西方文学的作品：林纾小说

清末翻译小说中，林纾（1852—1924），字琴南，近代文学家，译著的影响无与伦比。他与精通外语者合作，由他人口述，林纾将欧美小说译成文言文，译文的生动传神主要得益于林纾。一生翻译欧美小说180多种，1200多万字。著名译著有凄婉哀艳的《茶花女遗事》，其中细腻真切的描写对言情小说有很深的影响，还有《黑奴吁天录》《块肉余生述》《撒克逊劫后英雄略》等。许多通俗小说如柯南道尔的侦探小说等也由他翻译而来。

中国现代文学的奠基人
——鲁迅

鲁迅（1881—1936），中国现代文学的奠基人之一。他的创作不仅最先显示了五四文学革命的实绩，还在中国现代文学发展史中具有崇高的地位。五四时期他的两部小说集《呐喊》与《彷徨》，标志着中国现代小说的开端与成熟，透过揭示民众的精神病态，揭露造成精神病态的社会原因，挖掘出"封建社会吃人"的主题。鲁迅作品数量最多的是杂文，彻底反封建构成杂文的灵魂。散文诗集《野草》和散文集《朝花夕拾》都是中国现代散文中的精品。

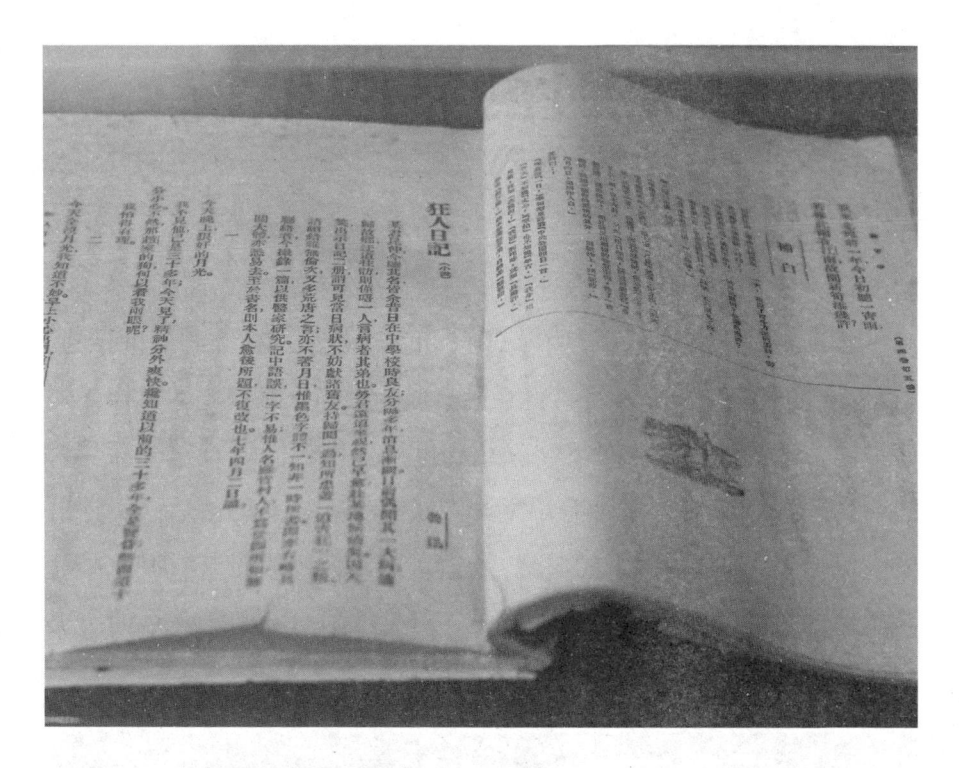

第一篇白话小说
——《狂人日记》

鲁迅的《狂人日记》是中国现代文学史上第一篇短篇白话小说,标志着五四新文学创作的伟大开端。1918年5月,作者第一次用"鲁迅"这个笔名,在《新青年》杂志上发表了他的第一篇白话小说《狂人日记》。作品揭露了封建家族制度和封建礼教"吃人"——不仅摧残人的肉体,更戕害人的灵魂的本质。《狂人日记》是五四新文学的号角,在思想上吹响了文学彻底反封建的进军号。写作采用现实主义与象征主义的创作手法,形成独特的艺术效果。

最早介绍到世界的小说：《阿Q正传》

在中国现代白话小说中，《阿Q正传》是最早被介绍到世界的。这部小说创作于1922年2月，此后阿Q成为中国家喻户晓的人物，《阿Q正传》也被译成几十种文字介绍到世界。作者借阿Q这个深受封建观念侵蚀和毒害，又带有小生产者狭隘保守特点的落后、不觉悟的农民形象，刻画了国人的灵魂，暴露了国民精神的弱点。即使今天，在生活中还能时时看到阿Q的影子，可见《阿Q正传》深远的历史意义。

鲁迅的杂文

鲁迅文学创作中杂文数量最多,杂文集有16部,前期杂文(1918—1926)主要内容是深刻的社会批评和文化批评,著有杂文集《坟》《热风》《华盖集》《华盖集续编》,后期杂文(1927—1936)中政治内容大大增加,对中国传统文明的弊病和各种丑恶的社会现象进行了综合性的解剖,著有杂文集《而已集》《二心集》《南腔北调集》《准风月谈》《且介亭杂文》等。鲁迅杂文是对中国议论性散文的创造性发展,为中国文学创造了杂文这一新的文学样式。

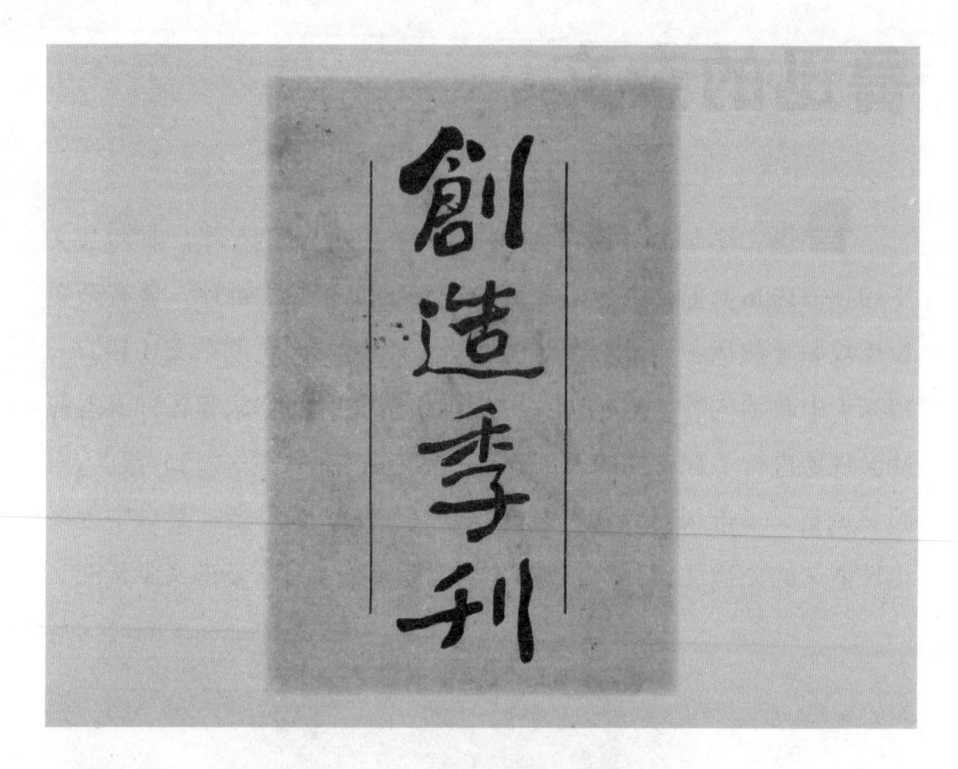

诗化了的五四精神：
郭沫若的《女神》

郭沫若（1892—1978），著名诗人、学者。他与鲁迅一样，都有弃医从文的经历，但他是从写诗开始文学创作的。五四运动爆发使身在日本的郭沫若深受鼓舞，创作了著名诗篇《凤凰涅槃》《地球，我的母亲》《天狗》等，后都收入1921年新诗集《女神》中。《女神》是中国现代诗歌史上第一部具有杰出成就和巨大影响的新诗集，它集中而强烈地表现了冲破封建藩篱、扫荡旧世界的狂飙突进的五四精神，体现了诗人呼唤新世界诞生的民主思想。

郁达夫的"自叙传"抒情小说

郁达夫（1896—1945），小说家、散文家。1921年出版的小说集《沉沦》是中国现代文学史上第一部短篇小说集，被认为是中国现代抒情小说的初始——"自叙传"抒情小说的开山之作。小说多用第一人称写叙述者自己，大部分小说都直接取材于作者的经历、遭遇与心情，他曾反复说明小说均是作者的"自叙传"。小说以抒情为主，情节为次，在浓烈的抒情气氛中令人感受到青年对人性解放的追求和歧路彷徨的无望，展示出"零余者"独有的感伤美。

徐志摩与闻一多

徐志摩（1897—1931），"新月"诗派最有代表性的诗人。因飞机失事英年早逝，只留下四部诗集《志摩的诗》《翡冷翠的一夜》《猛虎集》和《云游》。他的诗格调清新健康，真挚地独抒心灵，追求爱与美以实现个性解放，反映了五四时代精神。闻一多（1899—1946），诗人、学者。1928年与徐志摩共同编辑《新月》月刊，是新月派前期重要代表。他的诗作主要集中在20世纪20年代，大部分收入诗集《红烛》与《死水》，浓烈、真挚的爱国主义情思构成闻一多的诗魂。

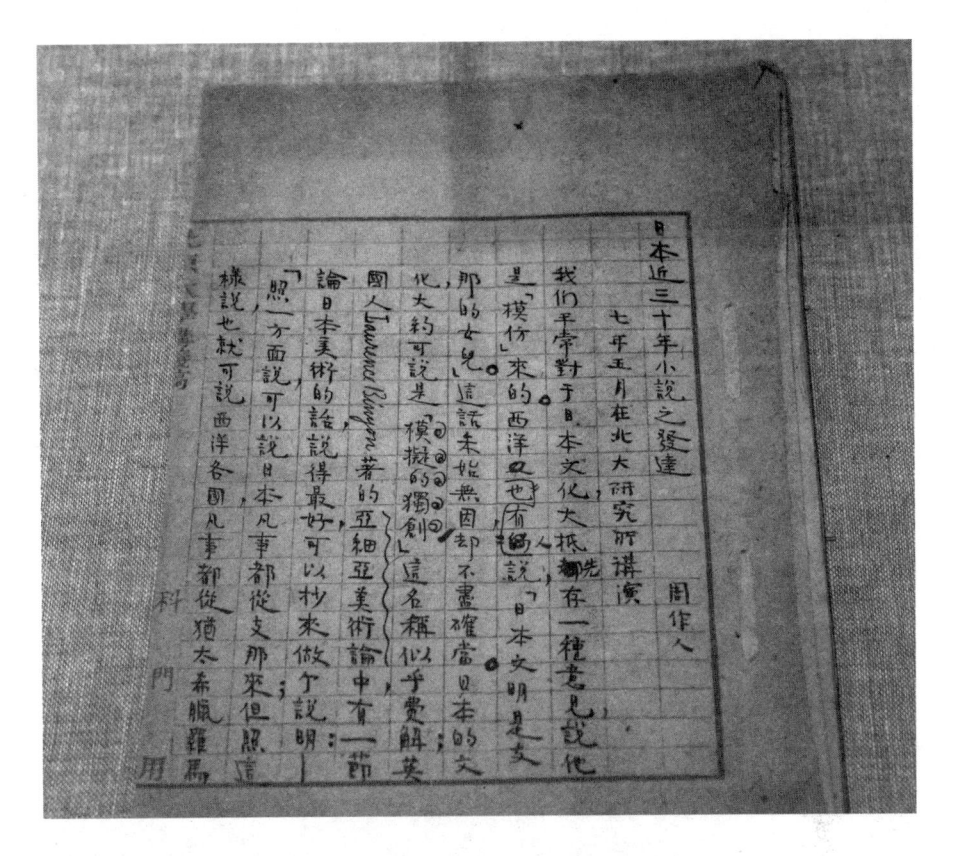

周作人的散文小品

周作人(1885—1967),是个毁誉参半的作家。五四运动时期曾是新文化运动的主将。五四运动时期及20世纪20年代是周作人散文创作的鼎盛期。散文小品,即被他称为"美文"的艺术性散文,最能表现他散文的个性。他博学多识,熔铸中外文化,其散文小品在娓娓叙谈中,将知识、哲理与情趣融为一体,表现出文人的闲适、幽默、中庸品格,展示了恬淡平和的独特散文风格。其代表作有《吃茶》《谈酒》《乌篷船》《故乡的野菜》等。

朱自清散文

朱自清（1898—1948），现代散文家，诗人。朱自清的散文无论描摹世态、怀人抒情，还是即景写情、融情绘景，在叙事、记人、写景、说理中都贯注着至真至纯的深厚感情，有着极丰富的审美内涵，用情构成散文的灵魂。《背影》《儿女》等作品在对家庭及亲人的琐事回忆中，饱蕴深厚的亲情，具有深长的韵味；《荷塘月色》《桨声灯影里的秦淮河》《绿》等名篇在富丽典雅的工笔写景中巧妙地融情，以情见长，使散文具有诗样的美感。

茅盾的《子夜》

茅盾（1896—1981），著名作家。他的小说代表作《子夜》于1933年出版，标志着中国现代长篇小说及现实主义创作手法的成熟。作品展示了20世纪30年代初中国都市社会生活的广阔画面，以民族资本家吴荪甫为代表，描绘了在半殖民地半封建这一特定的历史条件下中国民族资产阶级的奋斗失败史。《子夜》结构恢宏，人物众多，吸收了欧洲文学中现实主义及自然主义的创作手法，擅长心理描写。《子夜》第一次在现代文学人物群像中描绘了民族资本家的形象。

巴金与《家》

巴金(1904—2005)，著名小说家，代表作是小说《激流三部曲》(《家》《春》《秋》)，特别是第一部《家》，以五四运动为背景，充分表现了在五四精神影响下一代青年的奋起与追求。这是我国现代文学中描写封建大家庭的兴衰史并集中抨击封建专制罪恶的小说。用高家兄弟的爱情悲剧控诉了封建礼教、封建势力的罪恶，以觉民抗婚、出走等行为歌颂了五四时期青年的觉醒与反抗。《家》采用抒情化笔法，汪洋恣肆，形成特有的抒情风格。

林语堂的幽默闲适小品

林语堂（1895—1976），作家。20世纪30年代是他散文创作的高峰。他的小品散文具有幽默、闲适特征，题材丰富繁杂，无所不包。如写《我怎样刷牙》《我的戒烟》等日常生活琐事，津津乐道，无微不至。中西文化对比的文章较有特色且文化含量较高，他惯用中西比较的眼光看问题，在传统文化与外来文明冲突的比较中，引发国民性改造及传统文化转型的思考，如《谈中西文化》。文章幽默从容睿智，行文轻松自然，拓展了现代散文的审美领域。

赵树理的评书体小说《小二黑结婚》

赵树理（1906—1970），一位在解放区土生土长的作家，成功地确立了小说"评书体"样式，将北方农民口语提炼为雅俗共赏的"农民普通话"，写出农民喜爱的通俗乡土文学。成名作《小二黑结婚》充满幽默式的喜剧色彩，描写了小二黑、小芹自由恋爱中遇到各种阻挠并最终在民主政权支持下结婚的故事，重点表现了民主思想与封建观念的冲突——五四以来始终贯穿现代文学的文明与愚昧的冲突。他的小说是20世纪40年代解放区文学创作的最高成就。

《哥德巴赫猜想》

徐迟(1914—1996),作家。20世纪70年代末,他带头在报告文学领域内开创了一条新路——以报告文学形式写科学与科学家。作为献给1978年全国科学大会的厚礼,他写作了报告文学集《哥德巴赫猜想》,书中分别描绘了地质学家李四光、数学家陈景润、物理学家周培源、生物学家蔡希陶等人在科学道路上克服困难、攀登科学高峰的动人事迹,歌颂了科学家为科学事业献身的崇高精神。用报告文学形式为中国现代科学家立传是当时一个新颖的题材与体裁。

汪曾祺的文化小说

汪曾祺（1920—1997），小说家。汪曾祺20世纪80年代复出文坛后的作品大多是短篇小说，代表作有《受戒》《大淖记事》《异秉》等一系列故乡怀旧作品。作家用80年代的眼光来回顾咀嚼40多年前的温馨旧梦，浸润着对社会和人生更深刻的认识。他的小说具有散文与诗的特征，浓重的乡土风俗的氛围，一幅幅清新淡泊、韵味无穷的水乡泽国风俗画，向读者娓娓叙说着一个个优美动人的小故事，平和恬淡，寄真善美于平庸琐碎的事件描述中，读来意味无穷。

张恨水与现代通俗小说

现代通俗小说具有较多的消遣、娱乐性，创作上有较明显的古典小说特征，常见的种类有社会小说、言情小说、武侠小说、历史小说等。张恨水（1895—1967），是现代通俗小说史上的集大成作家，他一生创作100多部中长篇章回体通俗小说，代表作：社会—言情小说《金粉世家》与《春明外史》；社会小说《八十一梦》犀利地批判了社会的黑暗；20世纪30年代引起极大轰动的《啼笑因缘》，则几乎囊括了通俗小说的全部样式，兼容并包了社会、言情、武侠的内容。

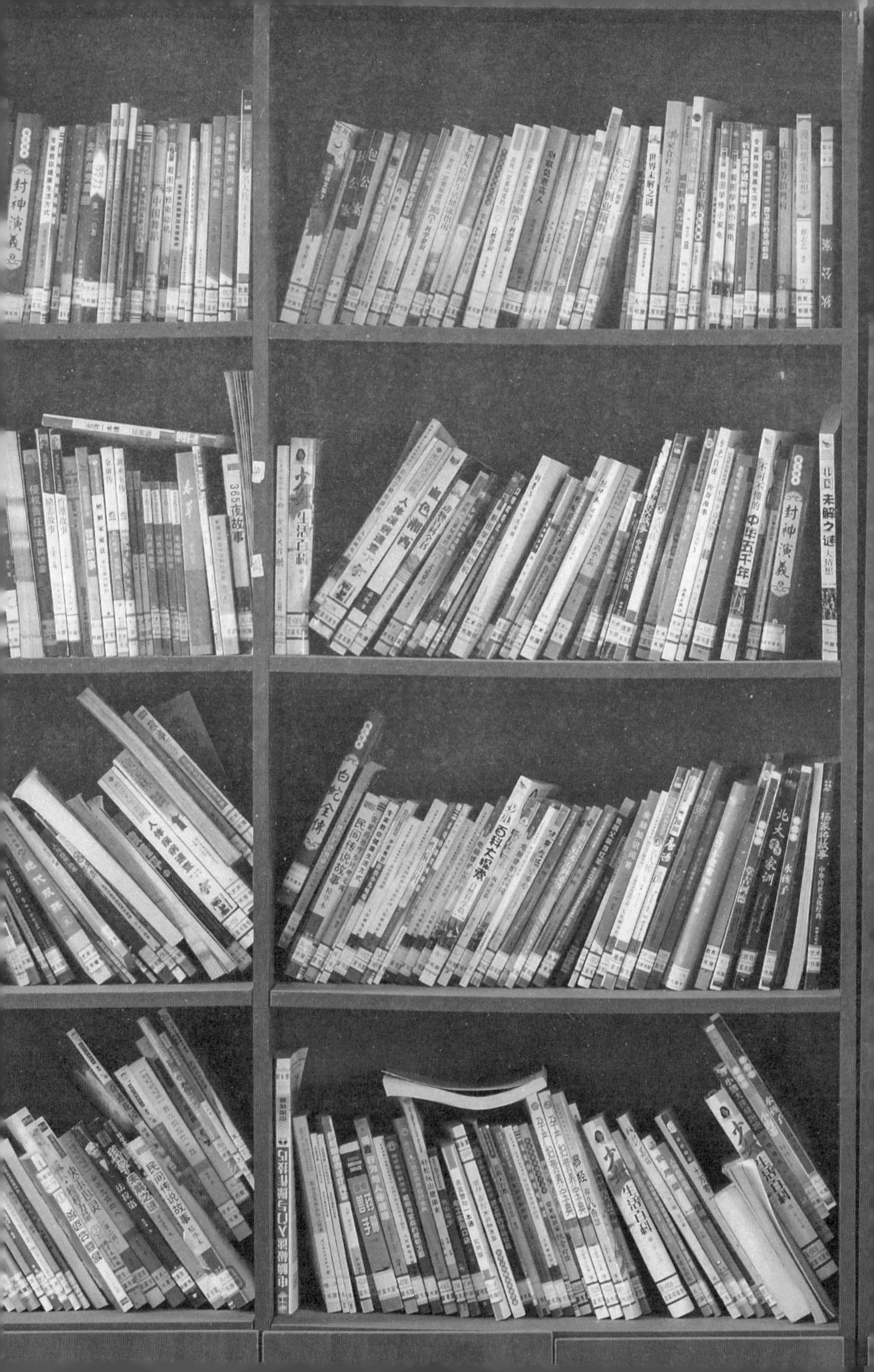
封神演义
世界未解之谜
365夜故事
生活百科
中国未解之谜大猜想
中华五千年
白蛇全传
民间传说故事
杨家将故事

第三章
星汉灿烂
——外国文学经纬

历史匆匆前行，随着时代的沧桑巨变，文学景观也发生了深刻的变化。文学深刻揭示了人类生存境遇，力求探寻人性的方方面面，尤其是人类深层心理内容，使接受主体能更透彻地认识自己，认识他人，认识人世间。

希伯来文学的经典：
《旧约全书》

《圣经》是基督教的经书，分为《旧约全书》和《新约全书》两大部分。《旧约全书》是犹太教的圣经，同时也是希伯来文学的基本汇集，集中了古代希伯来文学最优秀的部分，内容有关于上帝创造世界的神话传说，有希伯来民族古代历史和生活的叙事故事和诗歌、箴言等。《旧约全书》同古代希腊、罗马文学一样，是西方文学的两大源流之一，也是世界文学的宝贵财富。

阿拉伯文学的瑰宝：
《一千零一夜》

《一千零一夜》又名《天方夜谭》，它是阿拉伯民间故事总集。全书共有134个故事，许多故事早在公元6世纪时就在波斯、伊拉克和埃及流传，于公元16世纪编订成书。故事题材丰富多样，广泛描写了中古时期阿拉伯的社会现实，充分表现了阿拉伯人民的生活理想和智慧。作品富于想象，故事神奇，人物对比鲜明，可称世界民间文学中的优秀代表。《一千零一夜》在世界各国广为传播，对西方文学的发展有重要的影响。

婆罗多族的故事：《摩诃婆罗多》

《摩诃婆罗多》是印度古代两大史诗之一，也是世界上最长的史诗。它源于古代印度的民间创作，约形成于公元前4世纪至公元4世纪。史诗主要讲述婆罗多族的两个支系般度和俱卢两大家族之间为争夺王国统治权进行的争斗，最终代表正义的般度族获得胜利的故事。作品内容浩繁，思想深刻，是古代印度人民智慧的宝库，2000年来在印度一直广为流传，对印度人民的生活、思想和文化影响极大。

印度文学的典范：《罗摩衍那》

《罗摩衍那》意即"罗摩传"，与《摩诃婆罗多》并称为印度古代两大史诗。原为民间传说，相传由一个叫蚁垤的人加工编写成书，形成于公元前4世纪至2世纪。它讲述了王子罗摩救妻和恢复王位的故事，表现了罗摩德勇双全的英雄形象，反映了古代印度人民的政治理想。这部作品在艺术上非常成熟，为印度古典文学树立了典范，不仅对印度文学有重大影响，而且对周边国家及中国的古代文学也有相当影响。

西方文学的开篇：
古希腊文学

古代的希腊是西方文明的发源地。古代希腊人创造了独树一帜的海洋文明，古希腊文学是古希腊文明中最光辉的一页。古希腊文学从公元前9世纪起，到公元前2世纪止，经历了古希腊城邦民主制度发生、发展和衰落的全过程，其间相继出现了史诗、戏剧、散文和文学理论，形成了一个较为完整的文学体系。古希腊文学感情深刻，富有哲理意义和古典美，是世界文学中的宝贵财富，对西方文化、文学的发展影响深远。

幻想与传说的世界：希腊神话

神话是古希腊最早出现的文学，它是在长期的民间集体创作中形成的，由神的故事和英雄传说两部分组成。希腊神话反映了古希腊人的思想感情、社会生活和风俗。希腊神话主要记录在《荷马史诗》中。希腊神话的特点是神像人一样生活，有着人的思想感情和各种弱点，所以神的形象十分生动。希腊神话重视人间生活，颂扬个人幸福和爱情，闪耀着人本主义的光辉。希腊神话是古希腊文学和艺术的土壤，古希腊的诗歌、戏剧、绘画、雕塑等，主要取材于希腊神话。

智慧的宝库:《荷马史诗》

《伊利亚特》与《奥德修记》是欧洲最早的文学巨著,相传是古希腊的荷马所作,所以又称为《荷马史诗》。传说荷马是一个行吟于古希腊各城邦的盲歌手,可能生活在公元前9至前8世纪。《荷马史诗》是古希腊文学最光辉的代表。在古代的希腊,《荷马史诗》被看成智慧的宝库,所有的城邦都把它当作学校教育的基础,当时人们认为是"荷马教育了希腊"。《荷马史诗》是欧洲文学史上的第一部经典,产生了巨大的影响。

来自民间的智慧：《伊索寓言》

《伊索寓言》是古代希腊寓言的总集，相传为公元前6世纪的伊索所作，收有寓言400则左右。传说伊索是一个奴隶，非常聪明。《伊索寓言》大多数是拟人的动物寓言，每篇寓言用一个动物故事来说明一个道理，这些道理是人民群众的生活智慧的总结。《伊索寓言》是寓言中的珍品，许多故事非常著名，如《狼和小羊》《龟兔赛跑》《乌鸦与狐狸》等。《伊索寓言》在欧洲以至世界上流传很广。

希腊文学传统的继承者：罗马文学

罗马文学是在学习、继承希腊文学成就的基础上发展起来的，它没有取得希腊文学那样大的成就。罗马文学主要有戏剧、诗歌和散文，重要作家有戏剧家普劳图斯、散文家西塞罗与恺撒、诗人维吉尔与贺拉斯。罗马文学的特点是讲求艺术形式，修辞方法被广泛运用到文学创作中，形成雅致的文学风格。罗马文学对欧洲文学的发展影响很大，欧洲文艺复兴与古典主义文学主要是通过罗马文学来学习希腊文学的。

修辞艺术的典范：
罗马文学中的演说词

罗马文学最高成就是在散文的演说词方面。演讲是罗马政治斗争的一种重要形式，当时政治家都需要通过演讲来争取公民的支持，所以都非常重视和讲求修辞艺术，其代表作家一个是罗马政治家和哲学家西塞罗（前106—前43），他的演说词词汇丰富，句法讲究，善用提问、比喻、讽刺等修辞手段。另一个是著名的恺撒（约前102—前44），他的散文以简明和朴实著称，成为罗马散文另一种典范。

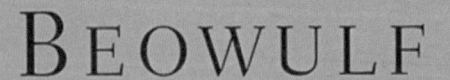

欧洲中世纪的英雄史诗

欧洲中世纪文学中英雄史诗非常繁荣。英雄史诗有两类,一类写氏族社会末期的英雄,代表作有英格兰的《贝奥武甫》和芬兰的《卡列瓦里》;另一类写封建时代的英雄,这类作品以历史和民间传说为根据,英雄的特点是忠君卫国。代表作有法国的《罗兰之歌》、西班牙的《熙德》、德国的《尼伯龙根之歌》和俄罗斯的《伊戈尔远征记》。英雄史诗对欧洲各民族国家的形成与统一有很大作用。

人文主义的曙光：
但丁与《神曲》

但丁·阿里盖利（1265—1321），欧洲中世纪向近代资本主义过渡时期的文化巨人，生于意大利佛罗伦萨一个小贵族家庭，知识渊博，做过佛罗伦萨的行政官，因政治斗争失败被长期流放。但丁写过许多著作，长诗《神曲》是他文学方面的代表作，作品歌颂了现世生活的意义，提倡学习知识和文化，赞扬人的智慧和才能，对教会统治进行了批判，第一次鲜明地表达了人文主义的思想，但对教会与神学的权威仍有很多的保留，表现了作者世界观上的矛盾。

新时代的先声：文艺复兴

文艺复兴是 14—16 世纪在欧洲广泛发生的一场思想文化运动，是新兴资产阶级反对神权统治和封建专制的序幕。它首先发生在当时商业最发达的意大利，出现了彼得拉克、薄伽丘、达·芬奇、米开朗琪罗等一大批文化巨匠，对西方文化的发展作出了巨大贡献。这场运动主要发生在文艺领域，并且是在自觉继承中断千年的古希腊罗马艺术传统的旗帜下进行的，所以称之为文艺复兴。当时具有人本主义思想的人被称作人文主义者。

聪明与爱情的故事：《十日谈》

乔万尼·薄伽丘（1313—1375），意大利人，早年在那不勒斯经商，后半生住在佛罗伦萨，政治上拥护共和制，是第一个通晓希腊文的人文主义者。《十日谈》是薄伽丘的杰作，它是个故事集，以爱情和机智为主题，赞扬了新兴城市市民的聪明机智和青年男女的爱情，对僧侣和贵族的道德虚伪进行了讽刺，表现了重视现世生活和个人幸福的思想。《十日谈》对欧洲16、17世纪现实主义文学发展有很大影响，开欧洲短篇小说的先河。

作为文学家的马丁·路德

马丁·路德（1483—1546），16世纪德国宗教改革运动的领袖，生于一个矿主家庭，在大学学习期间受到了人文主义思想的影响。他在文学上的最大贡献是根据人文学者对古代语言的研究成果，采用了德国人民的语言，花了十几年时间将《圣经》翻译成了德语。他的翻译非常成功，具有很高的文学价值，使德语《圣经》成了德语的典范，不仅对德国民族语言的统一发生了重大影响，而且创造了现代德国散文。

知识造就巨人:《巨人传》

《巨人传》是法国人文主义作家拉伯雷（1494—1553）的作品。《巨人传》取材于法国民间故事，用浪漫夸张的笔法讲述巨人国王格郎古杰祖孙三代的传奇故事。作者将人文主义对人的理想集中赋予在巨人形象中，特别强调了知识对"人的解放"的重要作用，认为只有掌握知识，才能使人"全知全能"，成为真正的"巨人"。作品还对当时宗教迷信和封建专制进行讽刺，对欧洲讽刺文学的发展有很大影响。

最后的骑士：《堂吉诃德》

《**堂**吉诃德》是文艺复兴时期最重要的一部小说。作者塞万提斯（1547—1616），生于西班牙没落贵族家庭，一生穷困，但为人正直，信仰人文主义。小说主人公是个穷乡绅，因读骑士小说着迷，便起名堂吉诃德，模仿骑士外出游侠。他战风车，斗羊群，闹出许多荒唐故事。然而他除强扶弱，无所畏惧；扶危济困，一片至诚；智慧见识超群，是个真正的骑士。堂吉诃德游侠经历的失败看似可笑，却是个令人悲伤的故事，因为现实生活不需要真正的骑士。

欧洲近代散文的创始人
——蒙田

米舍勒·爱岗·德·蒙田（1533—1592），文艺复兴时期法国的思想家和作家，生于波尔多名门望族之家，知识广博，所提出的怀疑论哲学具有人文主义的进步意义，在当时影响很大。他的主要作品《散文集》是一部以漫谈形式写成的哲学和社会政治思想著作，由很多篇独立的文章构成。文章语言自然平易，善于运用日常语言和方言，有很高的文学价值。《散文集》创造了随笔散文这种新形式，对欧洲散文及文学的发展有重大影响。

文学巨匠莎士比亚

威廉·莎士比亚（1564—1616），英国文艺复兴时期的戏剧家，西方古典文学中最伟大的作家之一。生于商人家庭，青年时代到伦敦谋生，参加了剧团，一生创作了37部戏剧，有历史剧和悲、喜剧，以人文主义观点，深刻表现了封建社会衰落和资本主义兴起时期的社会生活和矛盾，创造了一系列闻名世界的典型形象，作品的情节、语言等堪称典范，对欧洲文学的发展影响重大。代表作有《威尼斯商人》《哈姆雷特》《罗密欧与朱丽叶》《奥赛罗》《李尔王》等。

以圣经为题材：
弥尔顿与《失乐园》

约翰·弥尔顿（1608—1674），英国17世纪的重要作家，生于富裕的清教徒家庭，早年深受人文主义思想的影响，积极参加了英国的资产阶级革命。他以《圣经》故事为题材，创作了三部长诗《失乐园》《复乐园》《力士参孙》，以《失乐园》成就最高。《失乐园》通过描写亚当夏娃被上帝逐出乐园的故事，其中有政治与人生方面的寓意，也表现了作者人文主义思想同清教信仰的矛盾。

法国古典主义文学

古典主义是欧洲 17 世纪产生的文艺思潮,以当时的法国文学为代表。古典主义文学崇尚理性,强调个人服从国家,感性服从理智,创作中以古希腊、罗马文学为典范,讲究艺术形式的完美、严谨和语言的准确、明晰,并为戏剧写作提出了一些原则。法国古典主义文学在戏剧方面成就最高,代表了欧洲戏剧发展的一个新阶段,主要作家有高乃依、拉辛和莫里哀。法国古典主义文学对法语的纯正起到了重要作用。

荒岛传奇:《鲁滨孙漂流记》

丹尼尔·笛福(1660—1731),英国文学中第一个重要的小说家,生于小商人家庭,曾参加反封建专制的政治活动,主张发展资本主义工商业。《鲁滨孙漂流记》是笛福59岁时写成的一部长篇小说,主要描写主人公鲁滨孙在荒无人烟的岛上28年的生活经历,他通过自己的辛勤劳动,创造了财富和文明生活。鲁滨孙是资本原始积累与海外殖民时期创业英雄的代表,也是资本主义文明的代表。

幻想之国：《格列佛游记》

约拿旦·斯威夫特（1667—1745），英国18世纪杰出的讽刺作家，生于爱尔兰贫苦家庭，曾积极参加爱尔兰反对英国殖民统治的斗争，《格列佛游记》是他的代表作。这是一部幻想小说，也是一部伟大的讽刺小说。作者借主人公格列佛在小人国、大人国等幻想之国的游历，对当时英国的议会政治、战争与殖民政策等进行讽刺和抨击。这本书在世界广受欢迎，特别是大人国和小人国的故事更是人人皆知。

伏尔泰的哲理小说

伏尔泰(1694—1778),18世纪法国作家和启蒙思想家,原名弗朗索瓦·阿鲁埃,生于巴黎富商家庭。伏尔泰著作广泛,文学方面写过戏剧和诗歌,以《查弟格》《老实人》《天真汉》三部哲理小说成就最大。小说通过虚构的故事,对封建专制的黑暗和教会的虚伪进行了深刻批判;通过主人公形象的塑造,全面提出和阐述了作家的政治、社会和人的理想。伏尔泰的哲理小说对传播启蒙思想起到了重要的作用。

新时代的开创者——卢梭

卢梭（1712—1778），18世纪法国最伟大的思想家，文学上也有重要成就，生于瑞士钟表匠家庭，少年时代在学徒和流浪中度过，靠自学获得了广博的知识。他所著的《论人类不平等的起源》与《契约论》是西方思想史的经典著作。文学作品主要有《新爱洛伊丝》《爱弥儿》《忏悔录》，共同特点是重视表现个性和情感。卢梭的思想和文学创作对欧洲19世纪浪漫主义文学的兴起起到了十分重要的作用，可称得上是浪漫主义文学的旗手。歌德说："卢梭开始了一个新时代。"

奥斯汀与《傲慢与偏见》

简·奥斯汀（1775—1817），英国现实主义女作家，生在一个乡村牧师家庭。她的小说专写婚姻与爱情问题。《傲慢与偏见》通过描写几对中产阶级青年男女的婚姻，批判了以门第、金钱为基础的传统婚姻，提出了以男女平等、爱情为婚姻原则等新的观念和理想，具有时代的进步意义。奥斯汀善于表现中产阶级的日常生活，能够将平凡的人物和生活的琐事准确细致地描写出来，又富于风趣，这些非凡的文学才能在《傲慢与偏见》中得到了充分的表现。

德国最伟大的文学家
——歌德

约翰·沃尔夫冈·冯·歌德(1749—1832),德国思想家和文学家,生于法兰克福一个富裕市民家庭,曾就读于莱比锡大学和斯特拉斯堡大学,思想上深受卢梭、莱辛、斯宾诺莎等人的影响,喜欢研究自然科学与艺术。26岁时应邀担任魏玛公爵的枢密顾问和首相达十多年。与席勒有深厚的友谊。重要作品有小说《少年维特之烦恼》《威廉·迈斯特的学习时代》,还有剧本《浮士德》等。其文学创作代表了德国古典文学的最高成就,名列世界伟大作家之林。

历经60年完成的名著：《浮士德》

《浮士德》是歌德用近60年时间以诗歌形式写成的剧作，共两卷，取材于民间传说，描写浮士德博士为寻求生活的意义，经历了知识、爱情、政治、美和事业五个阶段，终于在改造自然、为人类服务的事业中找到了答案。浮士德是一个全面发展、热爱生活、积极有为的人物形象，是文艺复兴以来人的理想在文学上的集中总结和概括，也表达了歌德对世界未来的乐观主义。《浮士德》因成功地表现了一个伟大的主题而成为世界文学中的杰作。

格林兄弟与《格林童话》

雅各布·格林（1785—1863）和威廉·格林（1786—1859），兄弟两个都是德国的语言学家，生于小官吏家庭。他们非常重视德国的民间文学，兄弟二人密切合作，通过走访，采集了200多个童话故事，整理、出版了三卷本的《德国儿童与家庭童话集》，即《格林童话》。《格林童话》保存了德国民间文学纯朴和幻想丰富的特点，充分表现了劳动人民的愿望和智慧。《灰姑娘》《白雪公主》等都是其中的名篇。《格林童话》在全世界享有盛名。

浪漫主义文学

浪漫主义是欧洲 19 世纪文学的主要潮流。浪漫主义是在 18 世纪德国唯心主义哲学、法国启蒙主义和英国空想社会主义的影响下发展起来的,是资产阶级民主自由思想在文学上的表现。浪漫主义的艺术特点是注重表现理想和抒发个人情感,注重描写大自然景色,注重以民间传说为创作素材,多用夸张的手法进行描写,风格较华丽。浪漫主义是一次文学革新运动,它结束了古典主义的统治地位。从思想内容上看,浪漫主义有消极浪漫主义和积极浪漫主义两个流派。

拜伦的诗

乔治·戈登·拜伦(1788—1824),英国19世纪浪漫主义诗歌的代表作家。他生于贵族家庭,受过良好的教育,曾两次长期到欧洲各国漫游。他的作品描写广阔,密切关系着时代的重大政治社会问题,作品的主人公大都是孤独的英雄,为个人自由而同黑暗的社会作斗争,但又以虚无主义看待生活,被称为"拜伦式的英雄"。拜伦是19世纪最有影响作家之一,代表作是长篇叙事诗《恰尔德·哈罗德游记》《唐璜》。

雨果的《悲惨世界》

维克多·雨果（1802—1885），法国浪漫主义文学运动领袖，法国最有才华的作家之一。创作生涯长达60年，代表作有《悲惨世界》《巴黎圣母院》《笑面人》等。《悲惨世界》的创作历时20年，基本情节是冉阿让的悲惨生活史。作者的关注中心是不幸者的"悲惨世界"，对下层人民痛苦命运的描写在小说中占主要地位，主要价值在于揭示在那个社会里穷人注定要过悲惨生活。小说将现实主义与浪漫主义完美结合，其中最激动人心的描写是巴黎人民起义的壮丽场面。

批判现实主义文学

批判现实主义是欧洲 19 世纪 30 年代兴起的文艺思潮,它在继承现实主义真实表现生活的文学传统上,更注重表现社会矛盾和社会问题,表现封建贵族的没落与资本主义兴起的社会过程,重视塑造典型环境中的典型人物,对资本主义的社会关系进行了深刻的批判,但不同的作家对批判现实主义有不同的理解,创作上又有不同的特点。代表作家有法国的司汤达、巴尔扎克,英国的狄更斯和俄国的果戈理、托尔斯泰等。

时代的书记官：
巴尔扎克与《人间喜剧》

巴尔扎克（1799—1850），法国19世纪伟大的批判现实主义作家，生于中产阶级家庭。他宣称"法国社会将要作历史学家，我只能当它的书记"，为此他计划创作名为《人间喜剧》的系列社会长篇小说，全景式地反映当时的法国社会生活，巴尔扎克以勤奋的创作，完成了90余部作品。巴尔扎克的小说长于描写日常生活和人物环境，创造了一系列形象鲜明的典型人物，对资产阶级社会的金钱关系进行了深刻的批判。

金钱关系的演绎:《高老头》

金钱关系是巴尔扎克《人间喜剧》中所要表现的根本问题,而以长篇小说《高老头》最为典型。小说描写退休商人高里奥为了满足两个女儿的虚荣和奢华生活,不惜耗尽资产,结果却被抛弃,同时还描写了富有野心的青年拉斯蒂涅在巴黎资产阶级生活中的逐渐堕落。围绕这两个人物,作品广泛而又真实地再现了当时的社会生活和时代风尚,塑造了众多的典型人物,深刻地表现了资本主义社会关系的金钱本质。

工场时代的良知：
狄更斯与他的小说

狄更斯（1812—1870），英国19世纪批判现实主义文学的代表作家，生于贫困的小职员家庭，12岁当学徒，共创作了十几部长篇小说。19世纪的英国是工业资本主义大发展的时代，狄更斯的小说注意通过描写普通人民的生活来反映当时的社会问题，对资本家的功利主义和社会的黑暗进行了严厉的批判，是文学中社会改良主义的先声。主要作品有《老古玩店》《大卫·科波菲尔》《双城记》等。

萨克雷与《名利场》

萨克雷（1811—1863），英国批判现实主义的重要作家，出生在官员家庭，受过贵族教育，青年时代过着挥霍的生活，30岁时开始以写作为生，作品有35卷之多。长篇小说《名利场》是他的代表作，写的是资产者的生活，他们标榜道德理想，实际信奉的却是利己主义，热衷于名利，小说真实地塑造了一群资产阶级伪善者的群像，具有深刻的社会批判意义。对伪善的批判是萨克雷文学创作的一个重要特点。

爱情与尊严：
夏洛蒂·勃朗特与《简·爱》

夏洛蒂·勃朗特（1816—1855），英国女作家，出身于清苦的牧师家庭，上过教规严厉、生活条件恶劣的寄宿学校，后来当过家庭教师。《简·爱》是她的第一部小说，讲述了穷苦孤儿简·爱从小寄养在富亲戚家，饱受虐待，少年时在寄宿学校又受到物质、精神的双重折磨，后来到一个地主家做家庭教师，为了尊严，宁愿放弃爱情的故事。书中女主人公就是作者的影子。简·爱的奋斗经历和她的坚强、独立精神，使她成为英国文学中独具光彩的妇女形象。

艾米莉·勃朗特与《呼啸山庄》

艾米莉·勃朗特（1818—1848），英国女作家，夏洛蒂·勃朗特之妹。《呼啸山庄》是她唯一的小说。讲述了山庄主抚养的弃儿希斯克利夫因受到种种歧视愤而出走，发财后回到山庄，不择手段复仇的故事。深刻地揭示了一系列人物，包括主人公悲剧性的病态心理，也展示了人物间矛盾冲突的现实社会基础。作者用浪漫主义笔触描写自然环境，增强了神秘和狂暴的气氛，结构上采用目击山庄变化的老家人给陌生人讲故事的倒叙手法，更增强了小说的神秘色彩。

塞纳河上的"灯塔":福楼拜与《包法利夫人》

居斯塔夫·福楼拜(1821—1880),法国作家,生于医生家庭。他的创作以客观、冷静著称,代表作《包法利夫人》是其第一部长篇小说,描写一个富裕农民的女儿爱玛受浪漫文学和上流社会浮华生活的影响而堕落的故事。小说刻画了形形色色的资产者,但没有一个正面人物,显示了福楼拜批判现实主义的特点。福楼拜非常勤奋,常年通宵达旦进行写作,他的窗户也就自然成了塞纳河夜间渔人的灯塔。他的作品对西方现代文学有很大影响。

"世界短篇小说巨匠"莫泊桑

基·德·莫泊桑（1850—1893），19世纪下半期法国杰出的批判现实主义作家。他生于破落贵族家庭，在母亲和舅舅的影响下，从小喜爱文学，年轻时曾拜师文学巨匠福楼拜门下，学习写作。他的小说从不同角度和侧面反映了1870—1890年间法国社会生活的状况，其中优秀作品有《羊脂球》《项链》《菲菲小姐》《米隆老爹》《两个朋友》《我的叔叔于勒》等。他一生共写了350多篇中短篇小说，因在短篇小说创作上成就突出，有"世界短篇小说巨匠"之称。

自然主义的创始人——左拉

自然主义是欧洲19世纪60年代出现的一种文学思潮,受自然科学方法的影响,自然主义认为文学写作应像科学实验一样,能够得出符合某种自然科学规律的结论,他们提倡研究环境对人的影响,提倡描写细节和细节的真实,主张小说家写作要客观超然,只观察研究不作结论。自然主义对19世纪末和20世纪初的世界文学有广泛的影响。法国作家爱弥尔·左拉是自然主义理论的提出者和代表作家,代表作有长篇小说《小酒店》《娜娜》《金钱》《萌芽》等。

最早描写产业无产者斗争的杰作：《萌芽》

爱弥尔·左拉（1840—1902），法国著名的小说家，出生于一个工程师家庭，青少年时代在贫困中度过，曾做过工人和小职员。他用25年时间创作了由20部长篇小说组成的文学巨著《卢贡·马卡尔家族》。全书长达600万字，内容涉及当时法国社会生活的各个方面。左拉对社会问题十分关注，这部巨著中有许多描写无产者生活的小说，《萌芽》就是其中最优秀的一部。小说以煤矿工人的生活和罢工斗争为题材，成功地表现了萌芽时期的工人运动。

童话之王——安徒生

安徒生(1805—1875),丹麦童话作家,生于穷苦的鞋匠家庭,写过诗歌、小说、戏剧,以童话最为成功。一生共发表156篇童话。安徒生的童话是一个美丽的幻想世界,讲述着"小锡兵、美人鱼、丑小鸭"等平凡、纯真、善良的小人物的故事,他们生活在友爱与和平中,表现了劳动人民高尚品质和生活理想,对统治者则多有讽刺。安徒生是第一个为丹麦和北欧赢来世界声誉的作家。

新升起的星座
——19 世纪俄国文学

19 世纪俄国文学出现了世界文学史上少见的壮观景象，在仅仅一个世纪的时间中，一个文学传统并不深厚的土地上却出现了文学的大繁荣，涌现出了从普希金到托尔斯泰一大批文学巨人，使俄罗斯摇身一变而成为一个文学大国。俄国作家是时代的先行者，肩负着时代赋予的责任，他们的创作教育了整整一个世纪的俄国人，为黑暗的时代带来了光明、理想和希望。19 世纪俄国文学是世界文学中的宝贵财富。

近代俄国文学的开创者：普希金

亚历山大·谢尔盖耶维奇·普希金（1799—1837），生于贵族家庭，童年时代开始写诗，青年时代就读于贵族学校皇村中学，接受了自由主义思想的影响，曾因写政治诗被政府流放。普希金具有多方面文学天赋，在诗歌、小说、戏剧与童话等各方面都取得很高的成就，成为俄国文学的典范之作。普希金的创作为俄国民族文学的形成和文学语言的丰富与提高作出了重大贡献。

理想的歌颂者：
屠格涅夫和他的小说

伊凡·谢尔盖耶维奇·屠格涅夫（1818—1883），俄国著名的小说家，生于贵族家庭。早年发表了批判农奴制的短篇小说集《猎人笔记》。主要作品是以《罗亭》《父与子》为代表的六部长篇小说，这些小说塑造了从"自由主义者"到"民主主义者"一系列俄国进步知识分子的形象，及时生动地反映了社会生活中萌芽状态的新生事物，为一代又一代俄国先进青年预示了新的理想。他的中、短篇小说也很著名，文笔优美，具有浓厚的抒情意味。

文学泰斗托尔斯泰

列夫·尼古拉耶维奇·托尔斯泰（1828—1910），俄国最伟大的小说家，生于一个伯爵家庭。大学期间读过卢梭等人的著作，曾当过军官，两次赴欧洲考察，在自己的领地中进行一些改革。早期作品有《一个地主的早晨》，描写一个青年地主想帮助农民却最终失败的故事。代表作是《战争与和平》《安娜·卡列尼娜》两部长篇小说。他的作品描写了广阔的社会生活画面，深刻地反映表现了俄国资本主义发展时期的社会问题，表现出为俄国和俄国人民寻求光明和理想的博大情怀。

大时代中的社会与人生：《战争与和平》

托尔斯泰的这部长篇小说虽名为《战争与和平》，但主题却是要表现俄国的前途命运和人的生活理想。小说以四大贵族家庭的生活为线索，气势恢宏地描写了1812年的俄法战争和这一重要历史时期俄国的社会生活，画面之广阔，如同一部百科全书。作品重点塑造了保尔康斯基和别祖霍夫两个信仰博爱主义的青年贵族形象，他们是托尔斯泰人生理想的楷模，并被看作是俄罗斯未来的希望。作家的理想主义使作品表现出一种壮美的风格，成为世界文学名作。

以短篇闻名世界的文学家契诃夫

安东·巴甫洛维奇·契诃夫（1860—1904），俄国19世纪末重要作家，生于小商人家庭，做过医生。契诃夫写有中篇、短篇小说共470多篇，其中大多是短篇。短篇小说主要以日常生活的小事为题材，着重描写小市民的庸俗习气，表现了专制制度下灰暗的生活氛围，既有冷峻的讽刺，也有沉重的伤叹。但在中篇小说《草原》中，作家还是在大自然和纯朴的人民中发现了俄国的力量与希望。契诃夫也是著名的戏剧家，创作了很多剧本。

美国"童年"时代的画像：欧文的小说

华盛顿·欧文(1783—1859)，美国第一位获得国际声誉的作家，生于纽约一个富商家庭，曾长期旅居欧洲，期间发表了散文故事集《见闻札记》，被欧洲各国竞相翻译出版，影响很大。在《瑞普·凡·温克尔》等故事作品中，作者用浪漫的笔法描写偏僻乡村纯朴善良的风俗民情，表现和赞美了殖民时期美国生活的自然与古朴。因他在作品中第一次成功运用了民族题材，为美国民族文学的发展作出了重要贡献，因而享有"美国文学之父"的称号。

美国文艺复兴的领袖
——爱默生

拉尔夫·华尔多·爱默生(1803—1882),美国19世纪的思想家、散文作家和诗人,出生于波士顿一个教会家庭,当过牧师和义务布道者。在英国浪漫主义文学的影响下,他提出了先验主义的思想理论,主张凭智慧直接认识真理,反对权威,提倡发展美国的民族文学,对美国19世纪浪漫主义文学和文学艺术的复兴起到了十分重要的作用。他的散文朴实简洁,富有气势,形成了一种独特的风格,是美国散文中的经典之作。

捕鲸生活的百科全书：《白鲸》

赫尔曼·麦尔维尔（1819—1891），美国浪漫主义小说的重要代表作家，生于商人家庭，家境衰落使他少年时代就出外谋生，从事过很多职业，20岁时到捕鲸船上当水手，航行过很多地方，这段经历使他成为一个专写航海生活的小说家。代表作《白鲸》是一部描写捕鲸生活的长篇小说，"白鲸"是小说创造的一个重要的富有神秘色彩的形象。一般认为"白鲸"是资本主义生产方式的象征，表现了作家对美国早期资本主义的认识。

镀金时代的讽刺者：
马克·吐温和他的小说

马克·吐温（1835—1910），美国伟大的小说家，原名萨缪尔·兰亨·克莱门斯，生于地方法官家庭，在密西西比河上当过水手。19世纪是美国历史上的黄金时代，马克·吐温与人合写了长篇小说《镀金时代》，对当时的政治腐败和幻想发财的社会风气进行了讽刺。在两部描写儿童生活的代表作《汤姆·索亚历险记》和《哈克贝利·费恩历险记》中，作家以他特有的诙谐笔调，表现了美国青春时代乐观、自由和欢乐的情绪。

小人物的世界：
欧·亨利的短篇小说

欧·亨利（1862—1910），美国著名的短篇小说家。他原名威廉·西德尼·波特，生于医生家庭，15岁时开始浪迹社会，做过学徒、银行职员和杂志编辑。曾长期以卖文为生，每星期得为报纸写一个短篇小说，一生共写了300多篇短篇小说。短篇小说绝大多数写的是小人物的凄凉故事，自称是纽约400万贫民的代表。笔调看似幽默实则辛酸，形成他"含泪的微笑"的独特风格。著名的短篇有《麦琪的礼物》《最后的藤叶》等。

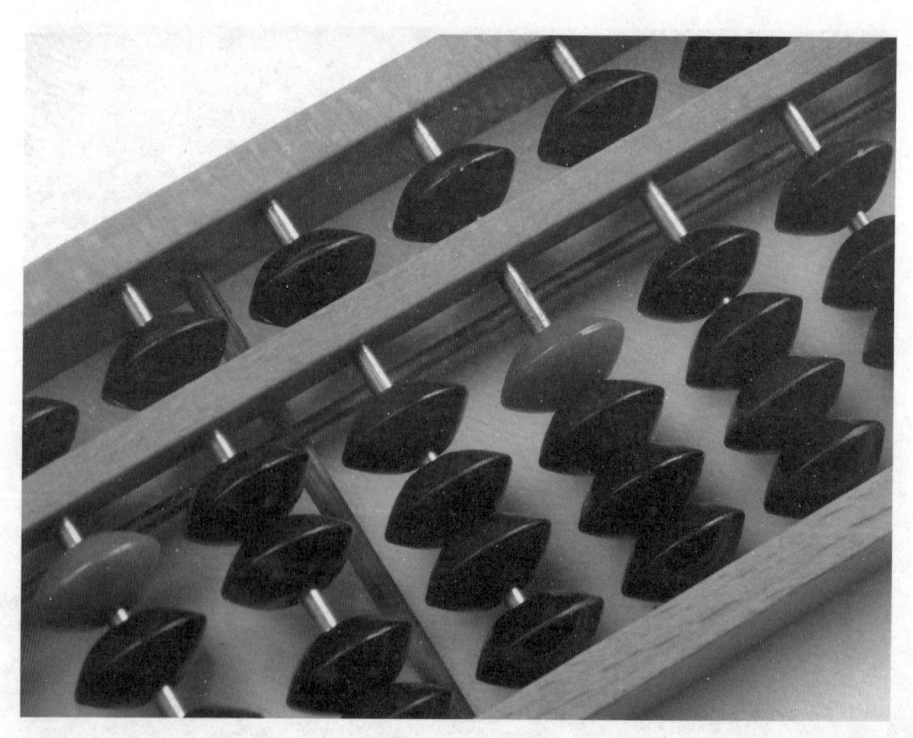

为艺术家立传：罗曼·罗兰与《约翰·克利斯朵夫》

罗曼·罗兰（1866—1944），法国著名作家，生于中产阶级家庭，曾在大学任美术和音乐教授。罗曼·罗兰对艺术的作用看得非常高，在文学创作中也总是以艺术家为主角，写了《米开朗琪罗传》《贝多芬传》《托尔斯泰传》3部有名的艺术家文学传记。他的代表作长篇小说《约翰·克利斯朵夫》的主人公也是一名音乐家，小说描写了这位孤傲不群的艺术家个人奋斗的生活道路，作家把他看作是能够克服资本主义文明弊病的优秀人物。

哈谢克与《好兵帅克》

雅洛斯拉夫·哈谢克（1883—1923），捷克斯洛伐克优秀的讽刺小说家，生于布拉格一个穷教师家庭。第一次世界大战中，哈谢克应征当兵，被派到俄国打仗，在俄国参加了十月革命。《好兵帅克》是他的一部杰出的政治讽刺小说，通过描写士兵帅克在第一次世界大战中的经历，对奥匈帝国的政治、军队的腐败与黑暗进行了讽刺和抨击，并成功地塑造了帅克这一富有智慧、对人民充满同情的普通士兵的典型形象。这部小说已被译成几十个国家的文字。

无产阶级文学第一个伟大代表
——高尔基

马克西姆·高尔基(1868—1936),苏联作家,原名阿列克赛·马克西莫维奇·彼什科夫。生于木工家庭,只上了3年小学,10岁时开始独立谋生,当过学徒、童工等,工余勤奋自学、读书。青少年时期的流浪生活,使他广泛了解俄国下层社会和人民的贫苦生活。1892年开始文学创作,主要作品有剧本《小市民》,长篇小说《母亲》《克里姆·萨姆金的一生》《童年》《在人间》《我的大学》等。描写工人运动的《母亲》是俄国无产阶级文学的第一部长篇小说。

《童年》《在人间》《我的大学》

高尔基从童年时就开始阅读生活这本大书，《童年》《在人间》《我的大学》就是高尔基以自己童年和青少年时代的经历写成的三部曲小说。在这三部小说中，作家描绘了一幅广阔的底层社会的生活画卷，这里有农民、工人和形形色色的小市民，小说不仅写出了他们苦难或者平庸的生活，也写了他们的情感世界，不仅写出了他们的各种弱点，更写出他们的善良和对美好生活的向往。

现代派文学

现代派是西方文学中最富有时代特征的流派。现代派文学萌芽于19世纪的唯美主义文学,兴盛于20世纪20至80年代。现代派文学是现代西方各种文学流派的总称,其共同特点是对资本主义文明的怀疑和悲观态度,注重表现人的心理世界,力图从个体的角度探索人类的前途与命运,在文学形式上,广泛应用各种新的表现方法。因与传统文学完全不同,所以被称为现代派文学。现代派文学的出现是20世纪世界文学最重要的现象。

现代小说的先驱者
——詹姆斯

亨利·詹姆斯（1843—1916），英美杰出的小说家，他生在美国，长年居住在英国，最后将国籍也改成了英国，这使他名列于英美两国现代文学史中。他一生创作了22部长篇小说和100多篇中短篇小说，主要描写年轻单纯的美国人在复杂的欧洲社会的生活经历，表现两种不同文化与风尚的矛盾与斗争。他还对现代小说艺术进行了一系列的实验，是西方第一个注重细致心理描写的作家，对西方现代小说艺术的发展产生了广泛的影响。代表作是《奉使记》。

英国现代文学的明星
——康拉德

约瑟夫·康拉德（1857—1924），生于波兰一个贫穷的知识分子家庭，17岁到法国当水手，21岁到英国，在英国商船上工作了16年，当过船长。他20多岁时对英语知之不多，一生却用英语写出了30多部文学作品。他的小说可分海洋、丛林和社会政治三类，道德问题是这些小说的基本主题。他特别注重人物心理世界的描写，并成功运用了许多现代小说的表现手法，代表作有《吉姆老爷》等。康拉德对现代小说的发展有重大的影响。

象征主义文学

象征主义是西方现代派文学中出现最早、影响最大的流派，是西方古典文学和现代文学的分界线。象征主义起源于19世纪中叶的法国，到20世纪20至40年代发展成为国际性的现代派文艺运动。象征主义认为文学应当着重表现内心世界，主张以有声有色的物象，通过暗示、对比、烘托和联想的方法，来表达内在的观念和微妙的情感。对工业社会中科学主义和物质主义的担心是象征主义产生的社会原因。象征主义文学主要表现在诗歌、戏剧领域里。

叶芝的诗歌

勃特勒·叶芝（1865—1939），20世纪初爱尔兰文艺复兴运动的领导人之一，生于画家家庭，曾任爱尔兰议员，一生以写作为职业，主要写诗和剧本，以诗歌成就最大，是象征主义诗歌在英国的主要代表，对现代英国诗歌的发展产生了重大影响。他的诗歌运用洗练的语言，以坚实的现实生活为内容，通过繁复的意象，生发多层次的象征意义，进行人生的哲理探索。代表诗作有《茵纳斯弗利岛》《拜占庭》等。叶芝于1923年获得诺贝尔文学奖。

表现主义文学

　　表现主义最早出现在绘画领域，认为艺术不是再现，而是表现，要求描写事物的内在本质和永恒的品质。表现主义文学首先产生于20世纪20年代的德国，然后影响到欧美。表现主义文学注重表现作者的主观思想和内心活动，从主观出发来表现客观，主要是通过具有整体象征意义的人物或故事来表现作者对生活的认识。表现主义文学在戏剧、小说方面有重要成就，主要作家有瑞典的斯特林堡、德国的恺撒、托勒，捷克的恰佩克，美国的奥尼尔和奥地利的卡夫卡。

童话与现实：《沉钟》

盖尔哈特·霍普特曼（1862—1946），德国优秀剧作家，生于一个旅店老板家庭，对普通人民的苦难生活有较多的了解，文学作品主要有剧本和小说，早期写过自然主义的戏剧。《沉钟》是一部童话剧，写于1896年，以一个铸钟人铸钟失败的故事，表现了资本主义社会中艺术家的命运，剧中描绘了两个世界，即神奇美丽的童话世界和愚昧的现实世界，通过两个世界的对比，表达了对现实社会的失望。

现代文明的寓言:《变形记》

中篇小说《变形记》(1912)是卡夫卡的代表作:推销员格里高尔·萨姆沙一天早晨睡醒后,发现自己变成了一只巨大的甲虫,从此他失去了人的生存状态。这部小说第一次从文学上表现了"异化"这个主题,形象地阐述了现代社会人的地位和生存状态的变化,说明人本主义关于人的理想在资本主义文明中是不可能实现的。小说以寓言的形式对现代社会的本质进行了深刻的概括,是公认的现代文学的经典作品。

意识流小说的开创者
——乔伊斯

詹姆斯·乔伊斯（1882—1941），爱尔兰现代著名小说家，出生于都柏林一个中产阶级家庭，1902年开始了他的流亡创作生涯。他的作品全部以爱尔兰生活为素材，以都柏林社会为背景。乔伊斯是意识流小说的开创者和经典作家，他创作的长篇小说《尤利西斯》是西方现代文学最重要的作品之一，但一向被称为"天书"，很少有人能读懂。其他主要作品有短篇小说集《都柏林人》和长篇小说《青年艺术家的画像》。

为了共产主义的未来:
马雅可夫斯基的诗

马雅可夫斯基(1893—1930),苏联早期著名诗人,生于格鲁吉亚一个林务官家庭,学生时代参加政治活动,1908年参加了布尔什维克党。马雅可夫斯基是在未来主义的旗帜下开始写作诗歌的,但他的未来主义同西方的不同,不是歌颂而是批判资本主义文明,他所憧憬的是共产主义的未来。他早期未来主义的作品主要有《穿裤子的云》和《一亿五千万》。20世纪30年代,他的创作逐渐走上了现实主义的道路。

"迷惘的一代"的代表
——海明威

欧内斯特·海明威（1899—1961），美国著名现代作家，生于医生家庭，曾当过新闻记者，参加过两次世界大战，一生经历极富传奇色彩。1926年海明威发表了长篇小说《太阳照样升起》，描写一群参加过欧洲大战的青年在巴黎漫无目的的生活，表现了找不到人生理想的一代青年人对生活的"迷惘"，成为"迷惘的一代"的代表作。其他重要作品有《永别了，武器》《老人与海》等。海明威因《老人与海》获得了1954年诺贝尔文学奖。